阡陌红尘

季子萱　著

中国文联出版社
http://www.clapnet.cn

图书在版编目（CIP）数据

阡陌红尘/季子萱著. —北京：中国文联出版社，
2018.7（2024.8重印）

ISBN 978-7-5190-3722-2

Ⅰ.①阡… Ⅱ.①季… Ⅲ.①抒情诗—诗集—中国—
当代 Ⅳ.①I227.2

中国版本图书馆 CIP 数据核字 (2018) 第 126172 号

阡陌红尘

著　者：季子萱	
出 版 人：朱　庆	
终 审 人：金　文	复 审 人：王　军
责任编辑：郭　锋	责任校对：王洪强
封面设计：凤凰树文化	责任印制：陈　晨

出版发行：中国文联出版社
地　　址：北京市朝阳区农展馆南里 10 号，100125
电　　话：010-85923033（咨询）85923000（编务）85923020（邮购）
传　　真：010-85923000（总编室）　010-85923020（发行部）
网　　址：http://www.clapnet.cn　　http://www.claplus.cn
E-mail：clap@clapnet.cn　　guof@clapnet.cn

印　　刷：三河市宏顺兴印刷有限公司
装　　订：三河市宏顺兴印刷有限公司
法律顾问：北京市德鸿律师事务所王振勇律师
本书如有破损、缺页、装订错误，请与本社联系调换

开　　本：880×1230		1/32	
字　　数：158 千字		印　张：10.875	
版　　次：2018 年 9 月第 1 版		印　次：2024 年 8 月第 3 次印刷	
书　　号：ISBN 978-7-5190-3722-2			
定　　价：68.00 元			

序　言

——子言为诗　萱美从心

子萱的诗集《烟火红尘》在千呼万唤中面世了，我用手心的温度去触碰圣洁的读本，做着我所能做的一切。

"我写诗言志"与很多诗歌写作者一样，子萱在接触新诗后，有一屡光线射进她的心室，非常庆幸子萱为自己找到了灵魂的栖息地，她为诗歌而生，这是最恰如其分的注解。

子萱是一个事业有成、享有优裕生活的女白领，写作是她日常生活的一个重要部分，或者说是她生命的一个"忠贞陪护"。诚如前言，她的生活充满诗意，或曰：诗意人生，人生诗意。

"我爱之恒久"爱诗不易，恒久爱之则更加难能可贵。

子萱为自己的诗集出版费尽心血，执着追求是子萱成功的法宝，一个人做一件事不难，难就难在持之以恒做一件事，子萱做到了，而且做得相当"出彩"！

"我在故我行"创作是一个痛并快乐的过程，纯粹的诗人在我看来，是不食人间烟火的。子萱由一个纯粹的文学爱好者蜕变成中国诗歌的新锐，加入中国诗歌学会会员就是佐证。

由于篇幅的缘故，不再赘述。

坚持写作是她生活唯一希望的"火苗"，相信子萱的诗路一路飞扬。

子萱的红尘三部曲之《阡陌红尘》即将在中国文联出版社付印了，我们有理由相信：子萱必然是又一续写诗坛传奇的女诗人。

　　杜劲松　　国家一级编剧　作家　诗人

诗在生命中奔跑

——读季子萱的《阡陌红尘》

记得在多年前，著名老诗人林子为我的一本诗集作序时，曾感叹地说，我的诗是用生命写成的。因为我写了耕山种水的知青生活和没有面包的爱情。今天，当我读了深圳女诗人季子萱写的《阡陌红尘》，亦有同感。

《阡陌红尘》出版在她的另一本诗集《烟火红尘》之后，两本沉甸甸的诗集，令人掂量到她笔耕的硕果。因为诗，一直在她的生命中奔跑。

《诗在生命中奔跑》

一首诗　每一首诗
都跟着生命的节拍
或匍匐或奔跑
被它揣着捂着孕育着
然后艰难分娩

诗与生命同行
生命里有诗的花朵与色彩
有芳香艳丽与盛开
也有诗的眼睛在窥探
窥探摇摆在风中的万物众生

季子萱是东北哈尔滨人，到深圳闯荡商海。深圳是中国商业最激烈的战场之一，人人都在为生存而战。她硬是凭一己之力，在商场上以及文学创作上，杀出了属于她的一片天。因此，她承受的重负可想而知。

她的《沉没》是这样写的：

好像是海
又似沼泽
不小心差点儿沉没消失
沉没在水的心里
又或是泥潭温软的怀抱

挣扎　努力
向上　攀爬
竭尽全力想摆脱当下
困境窘境险境……

恐惧　惊慌
无助　绝望
死而后已地激发出
最后一搏的勇气逃离厄运

困顿　迷茫
孤独　救赎
一股无名信仰的力量支撑着

杰克·伦敦在《马丁·伊登》一书中有一句名言："捷足先登，强者必胜。"在改革开放桥头堡的深圳生活，季子萱有更深切的体验。

我与季子萱在诗歌创作上有过交流，她的写虽是随意而写，有感而发，信手拈来，却是举重若轻。在深圳这座日新月异的城市，太阳每天都是新的，挑战每天也都是新的。

《红》

太阳　血　火
同一根系
它们都是红的兄弟

日出　举着火把
冉冉升起
那彤彤的红
映入眼眸
淌在血脉里
如洪如流
奔腾不息……

红　是燃烧的烛
是太阳的血
是烈焰的花火

是生命的颜色
如你如我
绽放摇曳

　　她在生活的洪流中，绽放生命的颜色，那生命的颜色，如太阳的血，烈焰的花火，燃烧的烛。她的生活既是轰烈的，又是多姿多彩的。在红尘之中，有爱情的小鸟飞过，也有金钱与欲望构筑的梦，以及失落的伤悲。生活是立体的，也是多元的。

一群虔诚的魂
聚拢在心的庙堂
爱情鸟匆匆飞过

飞过的还有红尘
金银和欲望
还有伤悲

打坐的是天地
念经的是诗人
冷眼旁观的是月亮和我

——《心缝》

打坐的是天地 / 念经的是诗人 / 冷眼旁观的是月亮和我。这是多么震撼的诗句！我想，没有在深圳经过拼搏，打开生命新页的人，是写不出来的。

深圳是个美丽的花城，胜过美丽的新加坡，鲜花相伴，确是深圳生活的颜色之一。

一路在车河里流淌
一路有花儿默默相伴
如血的红
似桃的粉

黄色招摇刺眼
紫色神秘高贵妩媚

那是刺梅三角梅夹竹桃
鸡蛋花和什么什么花……

作者的诗，也开满生活的花絮，每一朵都带着生活的甜蜜。

《做大事的人》

身边睡着一个
每晚连说梦话都把自己
感动得起来绕床三圈

心心念念

口不弃业话不离志

时时刻刻

励志创造设计出古今中外

天上地下没有过类似产品的人

是日　与其一同出门

我问　你带钥匙没

他答　没　太重

《亲情》

老公隔三岔五就与老妈

用我听不懂的家乡话

长长久久地煲电话粥

一日　终于忍不住问

都说了什么

老公轻描淡写地说

也没说什么

都是一些鸡毛蒜皮

东长西短　田间地头

房前屋后　猫猫狗狗

花花草草的事

她的诗歌，"乡情"这个主题，留下了浓重的笔墨。我想，任何一个漂泊到深圳的诗人，都会在笔下倾注思乡的情感。

《没有归期的回家》

　　该走的人们都走了
　　该踏上归程的
　　都已出发
　　该回家的都已背起行囊
　　不能走的
　　不该走的
　　没有家回的
　　都已留下

　　我站在这
　　空出一半城的中央
　　茫然顾盼
　　享受着安静
　　享受着阳光
　　等待着迎接新年！
　　等待着鞭炮齐鸣！！

　　我是此地的外乡人
　　不知何时　何日

是归期

除了乡情，爱情也是季子萱诗歌的重要主题，她常借诗抒发内心的真情实感，委婉动人。

《视线之外》

思念的翅膀
飞在遥远的过去
细数流年往事
拥抱梦的孤独与忧伤

视线之外
有一双美丽眼睛
贪婪地摄取如烟景色
视线之外
有一颗高洁魂灵
凝视着世间沧桑红尘夙愿

视线之外
爱你的心　依然爱着
念你的情　依然
熊熊燃烧生生不息

思念飞过

纤尘不染

情愫暗涌

源远流长

　　季子萱是我在网上认识的深圳女诗人，她和大多数诗歌爱好者一样，把生活活成了诗。她诗风豪迈，有如北方刚烈的奔马；她感情表达细腻，像岭南精致的刺绣。诗人闻一多说过，诗歌有三美：音乐美、画面美、建筑美。我期望她的写作向这三美大步迈进。她对自己也是这样勉励的：

今日诗又成了我的高天

尽管我日写夜写

笔耕不辍

但依然还是站在巨人的脚下

我想有朝一日举手就能够到天

　　招小波，香港先锋诗歌协会会长，香港《流派》诗刊主编，香港华夏纪实杂志社副主编，内地著名诗刊《华星诗谈》编委，中国诗歌流派网主持人。

诗歌是需要素养的

——序季子萱诗集《阡陌红尘》

季子萱为什么坚持素食？我没问过她什么原因。我也不想以一个素食主义者来理解她。我知道她信佛。那么，素食，无疑是一种虔诚的表达。一般来说，一个人的某种信仰必然与其人生有关。但从季子萱的诗里，很难看出她人生背后的东西。她的诗里有很多阳光。读她的诗，有一个感觉：她的人生不是在春天，就是在夏天；既无秋的萧瑟，也无冬的冷凝。她总是站在人生的正面，从没有站在阴影里。或者说，所有的阴影束缚不了她，也追剿不了她，她总能突围。注定了，她属于阳光，她钟情于阳光；注定了，她要在阳光下写诗，要在阳光下生活。

很有意味的是，在佛教里，有太阳子，即太阳菩提一说。太阳菩提与太阳神（日神）有关。佛教密宗的主尊为太日如来，他随缘化现于世，破诸黑暗，光照众生。太阳菩提是佛学四要素之一，即"智慧"的象征。

以一个诗人来说，季子萱对阳光的接受，当然不是外在的被动的接受，而是一种心灵的"智慧"的接受。当阳光成为诗的一种生态，阳光也就显示为一种人的生态。阳光，既然是一种"智慧"的象征，那么，这种"智慧"也是我们人类的一种能量。我们说，季子萱的诗有了阳光的照进，那是意味着，她的诗歌有了一种"智慧"

的光芒，即有了一种伟大能量的汲取和转化。

季子萱的诗歌节奏明快，意境敞亮，彰显着一种感召力。于此，我提出了一个命题，即诗歌也是需要素养的。回到阳光说，诗歌是需要阳光的。或者说，阳光照耀下的诗歌，就是素的诗歌。如是，所谓诗歌的素养，要强调的即是自然的信念，即是阳光的信念，即是人性的信念。

说一个女诗人坚持素食也好，说诗歌需要素养也好，这里的一个"素"字是不能忽略的。追溯起来，"素"，不完全是一个食的意义。"素"，是洁白、单纯的象征。老子讲了"见素抱朴"；《淮南子·本经》中有"其事素而不饰"；《楚辞·九歌》中有"绿叶兮素华"；陶渊明有"闻多素心人，乐与数晨夕"；等等。一个"素"字，引申出来"本色""本真""纯粹""质朴""淳朴""根本""本心"等词义。"素"，也是一个中国哲学的概念。"素"，是对宇宙元始的刻画。一个"素"字，足以反映出中国的天道观，足以反映出"与天为一"的道家理念。回到我们的诗境中来，一个"素"字，可以升华为一个美学概念，它所折射的是人格和诗格的统一，是天道和人道的统一。一个"素"字的美学意义，也是它的诗学意义。这个意义不是退却的，而是进取的；不是小狭的，而是宏丽的。

一个"素"字的美学之所以不可或缺，最重要的原因，是其理论品格的崇高性。以传统说，它充分体现了佛学与道学的联结和融合，它的定义不在别处，而在佛道境界。一个"素"字的美学之所以不可或缺，还有一个重要的原因，即以现代说，就是今日汉语新诗的一个新的期许。应该说，在今日汉语新诗的最高评价体系里，那些本真的、淳朴的艺术，那些源自本心的艺术，确是最好的、最亲近的，最富于生机的。

季子萱是以一颗"素心"进入诗歌创作，这使她的诗歌有了一种很率性、很纯情、很芳华的风格。她一旦写起来，像一股奔流，毫不担心会断流。感觉得到，她特别享受那种十分快意的写作。今年9月，她的公司产品在波兰展销。作为一名销售总监，她的诗歌派上了用场。在波兰七天，一天一首，写了七首。这一组《波兰行》在波兰的最大中文网站上发布，特别显眼，与她的产品相得益彰。诗歌营销，或叫诗情营销，算是季子萱的一个创造。也是无心插柳柳成荫，不久前，这一组诗还拿了个第二届国际城市文学影响力人气诗人奖。

现在微信、通信很方便，关于她的写作，我们之间也有过一些交流和探讨。我有时以为，她的一首诗完全可以分成几首。从语言说，我还建议她借鉴书法的涩笔，往语言的内部收一收，多一些凝重感，也可以增加一些叙事的力量。诚然，诗歌的多元，也是美学的多元。伟大诗歌并不可能止于一种美学。我也很尊重季子萱的写作风格。不要忘了，她还有个身份，她是深圳仓央嘉措诗社的社长。一说到她的诗歌，就会想到仓央嘉措的诗歌；一说到仓央嘉措的诗歌，就找到了季子萱诗歌的源流和宗脉。应该说，遥远的"仓央体"，构成了季子萱诗歌的现代气象。

仓央嘉措，这位不甘戒律，不受禁锢的雪域之王，因为诗歌，好像一直活着。不，不是好像，而是真的一直活着，一直生动地活着。同样，因为诗歌，我们看到，季子萱正踏着仓央嘉措的诗声，行走在一束伟大的圣光里。从这一点说，我们需要季子萱这样的歌者。她的抒写，必然是一份恩荣的抒写、一份天真的抒写，也必然是一份素性而高贵的抒写。

在季子萱的第一本诗集《烟火红尘》的首发式后，我有感而发，为她写了一首诗，题为《素食的女诗人》，算是对她的人生、对她的爱情、对她的诗歌的一种祝福。现录于下，也算作本序的一个结语——

素食的女诗人引起了我的好奇
她的诗歌一定是素养的
她的笑声爽朗、宽阔、张扬
也是素养的
还有她的男人，那个小小帅
站在一旁静静地看着她
还静静地笑着
多么好！爱情的一片天也是素养的
不过，还有个问题
素养的诗歌究竟是什么样子
我观察了许久
终于发现，她的诗里住着一座寺庙
寺庙里端坐着仓央

仓央还是习惯地把诗当作经来诵读

久而久之，诗也变成了经

经也变成了诗

仓央的诗经远不止那些

那些还没有传播开来的诗经

烛光一样神秘的诗经

山风一样清新的诗经

都在女诗人的素养下蓬勃生长

陶发美，现居广东深圳。诗人、批评家。大型诗歌读物《中国诗歌民间读本》总策划和主编，2015年出版哲学笔记《庄子随笔》一书。

目 录

第一辑 阡·景象内外

第二辑　陌·光影留痕

第三辑　红·花叶情愫

第四辑　尘·回眸浅唱

阝

· 景象内外

读子萱

　　喜欢读子萱的诗，清新秀美，淡雅朴实。写景叙事抒情每一个意境都流露出灵性。看似信手拈来其实由来已久。虚实间的跳跃转换，情感的抒发与把控，叙事的细腻与准确无不显现诗人驾驭诗歌创作的能力，让人读得有滋有味。子萱的诗适合朗诵，她的很多诗我经过仔细揣摩朗读出来录上音反复听，渐渐加深了对她的诗的理解，清晰的画面，诗人独有的想象和感受，谋篇布局的严谨和巧妙，给我唯美的享受。我珍藏了子萱的诗集，也期待着子萱更好的作品出世。如果温柔风雅中再多一点儿骨感美可能更好。

　　李东方，著名军旅诗人，甘肃朗诵专业委员会理事，《边城之声》语言艺术交流平台编委，国际文学论坛兰州分会会长。

中央大街

中央大街
是家乡哈尔滨一条
花岗岩铺成的石头街
每年
无论春夏秋冬
人们都会顺着它的脚
一直走到它的头
因为它的头顶
就是著名的松花江畔

如饥似渴的人们
要去那里游山玩水
要到那里放飞梦想
而后
再从它的头
一直走到脚……

各自回归来处
回到老巢
继续拾柴　耕地　做窝
生儿育女

3

繁衍后代……

如果
你踏着规规整整的石头路
如果
你穿着高跟鞋
你便能听到叮叮当当
脚后跟叩击石面
而奏出的那既有韵律
又清脆悦耳的美妙乐章！

当然
如果高跟太瘦
你就要加十二分小心
要看准　避开
石头与石头之间的缝隙
以免锥子一样
穿进夹缝
摔成结束的乐章……
中央大街
是我家乡城市的魂
是我家乡人们的梦
它的每一块
都是一千九百年前
机缘巧合下诞生

又经历风风雨雨
重重过往和历史的见证
更是承载了
无数动人心魄的传奇故事

它每天
安安静静地坚守在那儿
不管世事如何变迁
无论风云如何变幻
即使换了人间
它也依然故我
安然自在

它每日
都虔诚地仰望着
陪伴在它左右身边的高楼大厦
——它忠实的伙伴们
它们有的披着文艺复兴
有的穿上了巴洛克等
各式风格的外衣
或风姿绰约
抑或容颜不减当年
它们都决然地面对
它们亦坚不可摧

如今

中央大街

越发熠熠生辉

越发年轻美丽

无论我们走在它肩上

还是拥入它的怀里

或与它亲近抑或撒娇

它都是一副慈悲为怀

面不改色

心不跳的样子

和颜悦色地迎接

欢迎与拥抱我们的到来！

沿途风景

乘上顺风车
若离弦之箭
风驰电掣直奔机场

沿途的风景
电影倒带一样
快速地向后飞去

时间在向前的路上流逝
风景站立两旁等待岁月苍老
远方渐渐走来秒秒揭开神秘面纱

伴着快速移动的座驾
路边树上的喜鹊被搅扰　惊飞
盘旋　随后又落在树梢

隔三岔五在树的枝丫处
即有座座鸟的家
鸟巢稳稳坐在那儿看着眼下奔跑的景象

刚刚发芽的杨树

隔壁就是一株吐绿的垂柳
垂柳的邻居是一棵花树

花团锦簇一树水粉
没有一丁点儿绿意
粉得干干净净纯纯粹粹

在一闪而过
没有半点儿杂质的粉色之后
前方转角有了不一样的亮点

片片嫩黄抚摸着大地
也许是小草顶着去年陈旧的草帽
也许是某种早春的小苗正努力向上伸手

沿途的风景
数不胜数
虽有残冬遗迹但也有初春的影子

虽有点儿萧瑟
但又有着希望与憧憬
虽灰头土脸但新旧碰撞了美感与韵律

沿途的风景
被向前的车轮抛在身后

它只好站在原地等候下一位匆匆而过

无论路人看它或不看它
它都站成一幅最美的自己
独享清欢　无怨无悔

沿途的风景
已被时光扯远
但它仍然守望着远方回味着过往

而我　此刻已鸟瞰着
层层叠叠的云山云海
贪婪地欣赏着另一种归途的风景

9

念 雪

二十个年头
就这样从身边
摇摇晃晃地走远了
虽然艰难　虽然坎坷
但它依然没有停下脚步

二十年来
没有见过家乡的雪
不是家乡没落雪
而是漂泊得太远太久
漂到一个
常年四季如春的地方
已恍惚了回家的路

家乡的冬季
每年都早早地落雪
初时是小清雪
一粒粒随着微寒的北风
展开白色的翅膀　漫天飞舞
如细沙上的羽翼
有些轻有点儿柔

它落在脸上不会久留

初冬过后
老天的心情和脸色
一天不如一天
越来越沉重
既阴郁又冷漠
同时也怒吼命令着风
日夜不停地摇旗呐喊

风的声音太躁
吵醒了本想躲起来
睡懒觉的秋雨
它伸出头来
想探个究竟
一不小心
被风逮个正着
风不由分说把它
押送到了更偏远的北方
尽管它百般不愿意
万般不情愿
它终究没有逃出
寒风的魔爪
无奈而不幸
被风雕刻成晶莹剔透

六瓣雪花

而后　洒向大地
飘向人间
其实　要感谢风的雕琢
才成就了雨的美丽蜕变
成就了雪的美妙！
还有　还给了雨水
以雪花的自由……

那情　那景
煞是壮观　瑰丽
白茫茫天地一色
洁净净银装素裹

此时　此刻
不见了
阡陌红尘的旖旎与妖娆
不见了
婆娑万物的张扬与喧嚣
不见了　不见了
世间　世人过度渲染
花红柳绿热闹的景象

只见　远山

素静寂美的银色

只见　屋顶上

炊烟袅袅的白

只见　只见……

夜归人

踏在一片

静悄悄的洁白上

那一行

深深的记忆与梦！

一个人的旅程

一个人上路
看似轻松愉快
无牵无挂
实则脚步沉重
孤独无助

一个人的路上
不闻花香
不追蜂蝶
只管提心吊胆
小心翼翼
只管眼观六路
耳听八方

一个人
白天跟着太阳走
夜晚随着月亮行
风餐露宿
饥寒交迫
只有老天知道

风儿

伴她走一程

停一站

雨

不时来探访

陪她一起流着泪

光阴　在脚下

一步步同她告别

日子

是前路上

艰难的山峦

岁月　在这一路上

渐渐疲惫

它已偷偷地爬到腿上

时光　也不甘其后

塞皮塞脸地

悄悄爬上了额头

一个人的旅程

不但艰辛　恐慌

亦没有尽头

走不出日月的手掌

走不出风雨的怀抱

也走不出自己

孤独寂寞的心魔

一个人的旅程
天上下雨
流在心里
明媚的阳光
亦晒不干
自己湿漉漉的心房

一个人的旅程
是自己陪着 伴着
追着 踏着 踩着
牵着自己的影子
蹒跚奋力向前

我在诗里放了一把火

最近
我常常在诗里
肆无忌惮地
放着一把把爱的火焰

不是因为寂寞
不是因为想诉说
是因为我的诗里
没有亮点

近来　我频频在诗里
口无遮拦
放着一簇簇爱的烈火
仿若淋漓尽致地深陷

其实
我只是模拟
人性中所有丰富的情感
和情感主角心中的秘密

我在诗里　放着火

不知是否
能点亮我的诗歌
抑或增加它的温度

虽然我在努力
尽情地拨弄 添柴
也不知能不能
烧到明天？

那一束束爱的火苗
是否燎到了你
是否融化了
你寒冰的心房？

是否 温暖了
你的春心荡漾？
是否 是否
在暗无天日爱的黑夜你看到了希望

行走在冬的夏天

深冬时节
地处南方的城
洒满微炽的阳光
似春如夏若秋

花开浓艳
芳香依旧
这冬的城
没有寒冷的味道

这似春如夏若秋的天
有些暖　有点儿燥
早晚有种丝丝的凉意
但绿却依然如如不去

季节的轮转　交替更迭
在这里停滞
它的脚步只走到初秋
便不再继续迈进

它仿佛把春眠

夏困　秋乏都积攒在了一起
在夏的脚后跟处躺倒
而后鼾然睡去……

一个深秋加一个冬季
它都不肯醒来
便不能把深秋的凉
深冬的寒运送与传递

就因为它没有交出热度
就因为它没有按时插上
冬的旗帜
所以冬就没了目标与职责

所以阳光依旧吐着热气
蚊蝇依旧上蹿下跳
蝴蝶也偶在林间空地
悠闲地散步　翻飞

行走在冬的夏天
很惬意　很诗意
忘了季节的排序
忘了流年的交接

行走在这冬的夏天

头顶的阳光正烈

不知不觉

就已溜到了冬的尾巴尖

无雪的冬季

年关将至
我倚在南方的窗前
晒着温暖明媚的阳光
遥想家乡北方的冬天

这个季节
家乡已积雪如山
那银白的世界
缔造了数不清的童话

白云悠悠
与白雪两两相望
云轻轻行走
雪慢慢累积

云里不知藏着多少
世人不知的秘密
雪下也不知埋藏了多少
待人追寻的往事

它们或流泪 泣血

凄美坎坷
或笑逐颜开　圆满周全
锦上添花

这里没雪
这里仿佛烟雨三月
这里没有北疆漫天飞雪的冬天
这里的城市有些许焦躁赤裸裸

这里无雪
这里四季不来更迭
这里树常绿花常开
这里树落了叶还会再长出来

这里像冬季
这里不用穿棉衣
这里太阳整天露出笑脸
这里花儿日日在枝头唱歌

这里不似冬天
这里满街裙裾飞扬
这里光腿　赤膊
这里到处可以拈花儿笑

雪不落这里

它虽与云有契约
乘着它一路南下
但终究顶不住太阳的热情拥抱

雪感动得流了泪
滴滴落在这南方冬的大地
它深知　再将化成雪
须与云　再做一次交易……

这里的冬天没有雪

农历腊月
走在街上
有种春风送暖的感觉
这里是南方
这里的冬天不下雪

在这个季节
北方早已冰天雪地
北方街上的人们
个个都是裹紧衣襟
行色匆匆　快步前行

想念北方的雪
想念落雪的浪漫与触觉
漫天飞舞的白色精灵
曼妙自由地从天而降
一路无歌
但一路奔放摇曳
每当伸出温热的手
扬起热情的笑脸
想托住它的坠落

想以最热烈的方式欢迎
拥抱它的到来
然，它每每都羞答答地
化成一滴滴
忘情的春水
倚在手心　流在面颊
窝在心间　寄在梦里

怀念　留恋
那一丝丝凉意
那阵阵凛冽的滋味
似炽烈情感里
或小醋意或小插曲
若百炼成钢那关键的
蘸水淬火
别有一番情调
别有一番景致与结果

这里的冬季
不落雪
这里享受不到踩在雪上
那绵绵软软的柔弱
这里四季常春
春不逝　春不败

这里不能尽兴地

堆雪人　打雪仗

这里不能在洁白无瑕

白色羽翼上

留下相爱相诺的誓言

这里更留不下

亲密爱人彼此行走

两串相拥而行

深深的记忆与痕迹

我与列车一起飞

清晨
踏上列车
风驰电掣 呼啸而去

高楼大厦
树木鲜花 小草白云
——向我告别

不知是我的坐骑太快
还是这些景物醒得太早
总之 看到它们
不停不停地在手舞足蹈

太阳刚刚从地平线
冉冉升起
一簇簇薄薄厚厚
深深浅浅灰灰白白的云
没能挡住它那鲜红的笑脸
它距我既近又远
既大又圆
就在眼前

仿佛触手可及
也没那么刺眼

我与列车一起飞
飞进了隧道
窗外伸手不见五指
玻璃上映出了我
惺忪的模样

我们飞出了那片黑暗
高高的山峦
又挡住了视线
阳光从山的背后
朦胧地出现
山上的树木氤氲着
墨绿的轮廓

穿山越岭
我与列车一起飞
眼前的一切
瞬间刹刹向我们挥别
一会儿阳光照着我的面
一会儿玻璃上又印上我的脸

向前 向前……

列车 我

与时间一起奔跑

它一秒秒流逝

我一秒秒告别过去

太阳越来越高

越来越小

也愈来愈亮 愈刺眼

不敢直视

我与列车一起飞

一路向前

向着太阳的方向

一路追逐

跟着太阳

回家！

彩云伴我归

天边飞起晚霞的时候
列车还在继续
走走停停
一边很疲惫地喘息
一边又很努力地奔驰

我安然地坐在它的怀里
悠然地数着天边的云彩
数也数不清
一朵朵 一缕缕
一层层 一叠叠

有鲜红 绯红
有深红 紫红
也有橙红与金红

不管是哪种红
无论是哪样红
它的每一朵每一缕
每一层每一叠里
都不纯粹

里边有金色银色
粉红粉蓝
甚至还有粉绿

彩霞漫天
伴我归途
列车如箭
一路如飞向前

太阳在落山之前
在山与山的背后
调皮地露出各种笑脸
一会儿是大红的圆盘
一会儿是半块月饼
一会儿是血红的嘴唇
一会儿又是张开的扇子

一会儿的工夫
它又变成了
暗红暗红的一弯月牙
霎时 又成了一条
细细的红线
瞬间 又变了
变成万道红彤彤的光
从山脚飞起

穿过云霞

飞向天空……

在太阳下山前的那一刻

我正好到家门口

冬　雨

深冬时节
地处南方的小镇
无凛冽刺骨的寒风
无漫天飘扬的飞雪
无北方那样银白的世界

腊八这天
老天变了几次脸
清晨　太阳和颜悦色
露出了温柔的笑颜
整个天空都有些暧昧
没有一丝风影
树梢上每一片叶子
都静静地低头观望着行人

正午时分
太阳似乎心情很好
越发地笑容灿烂
笑逐颜开状
云朵与云朵也欢畅
而亲热地拥抱在一起

此时阳光正好
地里的冬菜正欣欣向荣
努力地伸展着腰身
尽情地展示着它的绿
池塘里黑的鸭白的鹅
正欢快地你追我赶
或深入浅出戏着水
或一路追逐荡起涟漪

午后不久
天空突然剧变
太阳迅速收起了
那如花的笑靥
风也在陡然间乘机作乱
呼啦啦瞬间来袭
还夹着淅沥沥的小雨

起初　雨不大
只有风自己
在尽力扇动着翅膀
后来　云也招架不住
风的猛烈

本来还团团相拥在一起

亲亲密密的彼此
一瞬间
就被风刮得七零八落
顷刻间
落花流水也……

傍晚来临
风越刮越起劲
雨也愈来愈大
我知道　我知道
那是被迫分离的
云的眼泪……

村庄静如故

天已大亮
万籁俱静
村庄依然睡着
树木花草也睡着
小鸟睡着
车的马达也睡着
所有的一切都没有醒
都沉醉在梦乡　在那里畅游

我被晨起的第一缕
光亮召唤
悄悄潜出房间
偷偷与这深冬的清晨约会

楼下　窗前那棵
在夏日里蓬勃炫酷
繁花似锦的紫薇
已落光了所有的叶子
没有一片与它相伴

路边　那株

往日栖过蝴蝶的树
依旧在　依然绿
但不见了蝶的翩跹

远处
山还是那座山
起起伏伏
被浓浓重重的雾笼罩
氤氲在灰灰蓝蓝的影子里
看不见半点儿绿

太阳似乎还在睡懒觉
还没露头
空气里弥漫着一阵阵
寒冬腊月透心的凉
嗅进肺里
有种清清爽爽
纯纯粹粹静谧的味道

疯跑的日子

时间在身边溜走
日子在田野上疯跑
跑过春与夏
再到秋冬
跟着四季轮回的脚步
永不停歇

春天
日子在田垄上忙碌
播下希望的种子
夏日　日子穿梭在
片片茁壮翠绿之中
耕耘除草捉虫

眨眼而来的秋
快速地鞭打着日子
一刻不停地奔波向前
担当　收获　负重
还没等日子喘口气
冬便紧随其后
悄然而至

渐渐呼啸的寒风
催得日子的步伐
更加加快
一晃工夫
冬天也走远了

日子就这样
跑呀跑
周而复始
跑在田间地头
林边塘下
跑在收成的路上
跑在落雪后清晨的家门外

一年四季
每月每天
每时每刻每分每秒
日子在掌上奔跑
在眼角额头上奔跑
在心之爱恨情仇中奔跑
在不停不停的念里
疯狂地奔跑

它驾驭着灵魂
乘着躯体的马车

一路奔袭而来
又扬长而去

一钩明月

一钩明月
忽而挂在天边
重重叠叠的云朵脚上
忽而又藏匿在
密不透亮的云层后面

像与世人捉迷藏
像与片片浓云
玩追逐的游戏
似故意捉弄路人
引起他注意
似提醒夜归者
时刻小心脚下陷阱

月有时远在天边
触手不及
只能仰望
但有时也在头顶
树梢　檐下

当月降落在头顶时

我正在认真走路
倾心聆听
身旁的春芽破土拔节

当月站在树梢
我正在不远处的小河边
同夜晚出来纳凉的小青蛙
开心尽兴地玩耍

月挂檐角那会儿
我正急匆匆赶回到
除夕夜的家门口
轻轻 轻轻地掸去
落在身上的雪花

春去春又回

春来了
春唱着歌
披着和煦的阳光
乘着暖洋洋的季风
携着一怀的绿
在所到之处
尽情地挥洒分享

春经过一冬的歇息
经过一季的长眠
硬生生
被除夕夜如雷的爆竹
从甜美的梦乡拽起

春揉着惺忪的眼睛
伸着长长的懒腰
打着连天的哈欠
还未来得及梳妆
就被疾步而来的风
架出门去

春扭扭捏捏羞羞答答地来了
尽管它有时使了脸色
闹着情绪
时不时地哭泣与任性
把泪水淋向大地
泼向行人

但更多时是绽放着笑颜
慷慨地把绿掏出来
赠送给花草树木

无论怎样
它终归
拗不过太阳的热情执着
光芒与灿烂
也阻挡不住四季更迭
滚滚向前的脚步

春上枝头

沉睡了一冬的春
被顽皮的风儿摇醒
又被认真负责的阳光
夹在腋下
晃晃悠悠地走来

当缕缕光线把春
小心翼翼　悄悄放下时
小草赶快脱掉了
去年冬天的旧棉袄
小树也赶紧换上了新衣服
于是　大地一下子
被映成了片片绿色

于是　春呵护着小草
于是　春爱抚着大树
它尽情地装扮着花草
它尽力地给参天大树
添肥加料

春绽放在花的蕊里
春盛开在树的枝头
它与蜂蝶在花间幽会
它与虫鸟在叶杈上打滚博弈

春的脚步
轻轻盈盈地走来
春的呼吸
温温暖暖地扑来
春潮在江河里歌唱
春雨在掌心上欢笑
春心在眉间起舞
春的欲望在唇齿之间荡漾

春的暖流
每时每刻在体内涌动
春的绿意
分秒不停地爬上树梢
春的召唤
响彻在世间每一个角落
春玩得既开心尽兴
又肆意潇洒
它已彻底摆脱了
风儿的骚扰

阳光的束缚

它正偷偷地潜入

人们的怀抱……

我在诗的田野奋力奔跑

诗山无涯
诗海无边
我在诗的田野
奋力奔跑

诗的田野
层层叠叠
诗文　诗句　诗眼
高低错落

诗的田野
沟沟壑壑
诗经　诗行　诗列
纵横交错

绵长　葱郁　茁壮
我站在诗的田野
恐被淹没
我要奋力高升　腾飞

向前！奔出这诗的田野

越过这诗的围栏
矗立在诗的高山
屹立在诗的山巅

我要尽力奔跑
穿过这没有风险的田野
立志无论经历千难万苦
也要越过这片温暖无害的乐园

我要努力奔跑
以最快的速度
穿越这片诗的乐土
因它过于舒适　会变成我的惰性

我要拼命奔跑
穿越这片田园绿洲
飞越山峰　海峡
到达　无名的彼岸

春　色

春在枝头
绽放成五颜六色
红了木棉
粉了樱桃

春在人们的身上
盛开得色彩斑斓
蓝了衣裙
绿了短衫

春光洒在大地
黑鸭白鹅争先恐后跳下水
绿了秧苗
翠了荷塘

春光照在轩窗
温柔了床上的旖旎遐想
亮了厅堂
暖了新房

春走过身旁

处处姹紫嫣红柳绿桃红
花团锦簇
欣欣向荣

春牵着你我的手
走出家门
爬上山坡
一路欢笑 一路高歌

春在前面
不停地妖娆展现
我们在她身后
拍手称赞 叫好

春把自己
打扮得多姿多彩 花枝招展
因她极度热情好客
所以引来无数蜂蝶为它喝彩

春来了
她招摇过市
她从不低调
她穿了一身多彩的华服

她准备

去夏的广阔舞台
尽情 尽兴地表演
演绎她在春天梦里的精彩

蝴蝶与花语

蝴蝶翻飞着
不时拥着花朵吻着花瓣
不时又与花蕊窃窃私语

翩跹的蝴蝶
盘旋在花的上下左右
他在赴一场与花的美丽邀约

他与花
一边说着甜言蜜语
一边承诺着一世的海誓山盟

你看他
围着花儿旋转的样子
就知道他的姿态与谦卑

花儿如如不动
既高贵又淡定　傲然
表现出的是绚烂风骨与圣洁艳丽

如典雅矜持纯洁的女人

如知性自信笃定成熟的女人
如敦厚浓情善良务实的女人

她需蝶儿一样孜孜不倦男人的爱
她需一个真心忠诚的男人在身边
她需灵与肉都虔诚臣服于爱的男人

蝶与花亦是
蝶每年信守着与花的相约
每年如期来此相见　相守

花与蝶的私语
即是无言的奥秘
即是彼此的倾心相诉

蝶给花的回报
亦是我飞越千里
来到你身旁　陪你哭与笑

春　寒

这几天
北方地区已大雪纷飞
已堵了家门
车子在路上要么溜冰
要么艰难前行

北方再往北
更是一片狼烟
白得是那般纯粹　肃静
浑浊得见不到天空与人影

如果你在路上行走
你最好穿着高筒靴
鞋底最好有防滑钉
否则　大雪没过你脚面
否则　滑溜溜的冰面
把你扯个仰面朝天没商量

北方人这会儿已加厚了棉衣
把前些日子刚刚甩掉的
沉重与臃肿

又乖乖毕恭毕敬
通通一件件老老实实
穿了回去

球一样
慢慢移动在风雪中
点缀在那银白的世界里……

身在南方
这里又是一番别样景象
风雨突然窜来
冷得刺骨
凉得行走的身影
个个颈肩蜷缩成一线

满街的一路小跑
震得地动山摇
满街的大呼小叫
吵得耳膜欲穿
大家共同说着只有一个字
——冷！

寒流来了
电视的一角
挂起了预警信号

沙发上也多了一床盖腿的毯子
已收起的棉拖
又被请出来上了战场

窗外灰蒙蒙的天
狠狠地龇着牙
阳台上的小花
刚怯生生地绽开笑脸
就被呼啸而至的风
无情地扇着耳光

春寒来袭
花草树木
阳光　身体　心情
一切都随着冷风冷雨
摇摆战栗……

北国春风寒

飞机徐徐着陆
舱门慢慢启开
一股北国凛冽的冷风
热情地伸出双臂
刹那　扑面而来

把我抱了个满怀

于是 我狼狈地站在猎猎的寒风中
站在把头发吹得一会儿朝天
一会儿朝地 一会儿向后
一会儿又迷住眼眸
裹住面庞的旋梯上

春风寒意不减
一路呼啸陪伴
一路摇曳着树上的绿叶
似热情的迎接仪式
亲切地与我贴身而行

北国之春
北方的气候
每年都比南方暖得晚许多
秋天又比南方来得早许多

北方的天
就是一位严苛的时间老人掌控着
按分明的四季节奏
准时拉开帷幕
按部就班
从不偷懒 从不错过

南方的天

是个极任性哭闹顽皮小孩儿的脸

冷热阴晴　全凭心情

北国春风寒

太阳躲在高高的云层后面

凉凉的早晨

和冷冷的夜晚

轮换着交替值班

急鼓一样的脚步

与单薄的裤腿

分分钟

匆匆消失在冰凉凉

冷飕飕的街头

故乡的月亮

小时候
记得家乡的月亮
又大又圆
清澈 明静

那时小伙伴们
在月下尽情地撒欢儿嬉闹
玩着捉迷藏
丢手帕

月亮不说话
就那么静静地看着我们
看着我们嬉笑 疯跑
我们也不着急回家
因为 有月亮在头顶
无声地陪伴

月亮悄悄地爬上树梢
继而又挂在半空
它离我们很近
近得似乎抬手就能摘到它

像伸手就能摘到的
窗台上的花朵

月亮的家
同我们的家一模一样
都有个院子
都有桂花树
每年八月
都有桂香飘来

月亮在故乡的天空
每夜都慢慢地行走
每晚我们都顶着月光
披着清辉
在月下尽兴玩耍

我们期待着
每一个夜晚来临
我们越发留恋明月高悬
月光如水的感觉

我们喜欢
那静悄悄的夜晚
它倾泻而下流淌的月光
我们更喜欢

倾心聆听

月亮轻轻地唱着那首

熟悉甜美的摇篮曲……

绽放之路

从木棉之城出发
车轮向前飞转
一路告别瞪着熬红了眼睛
注视着我们的火红花朵

方方的长箱子稳稳地
趴在疾驶的车轮身上
被它装在肚子里的我们
魔幻般 风一样
摇身一变
从彼地到了此地

途中
各色各种
知名不知名的鲜花
乖乖毕恭毕敬伫立路旁
光鲜亮丽

开始是红彤彤的木棉
随着车轮的飞速转动
紧接着就出现了

一树树焦黄

一株株水粉
继而　粉蓝　蓝紫　紫红
红粉　粉红等等……

慢慢　慢慢
各色各样
不断地崭露头角
渐渐　渐渐
又被飞驰远去的长方箱子
甩在了身后

它们依旧
老老实实站在那儿微笑着
悄无声息　默默
静静地告别着
这一面之缘
与瞬间的擦肩而过
姹紫嫣红的护驾
娇艳欲滴的伴旅
既惬意舒畅
又美妙温暖
沿途的风景
是一条鲜花之路

是一条弥漫芳香美丽的梦境

起起落落
美景在眼前不断展现
亦不停消失
花花树树
一路飘香　沁人心脾
美了人间
美了天地
装点着无相的虚空
亦是万古长存历史河流里的
昙花一现……

四月天

清明过后
即迎来一个个大好的艳阳天
蓝天下　飞过白云朵朵
微风拂面
也吹着花草
树叶与裙摆　轻轻颤动

一缕缕明媚的阳光
毫不吝啬地倾泻下来
照得水更深
鱼更显
心情更舒畅明艳

在这四月天
各种奇花异草
吐露着芬芳崭露着头角
赏花　踏青　游园
人们左顾右盼
目不暇接

虽然　春天已来了很久

但总像是与老天闹着性子

反反复复

情绪不稳定

一直是隔三岔五

不是太阳不出工

就是郁闷极了

索性痛痛快快泪雨倾盆

天是时好时坏

就连季节该有的暖和

也不敢招惹

所以热浪迟迟不来报到

岁月也顺势在这阴阴晴晴里

哭哭啼啼中

叹息着蹒跚地慢慢走来

摇晃着走过这光阴的隧道

不知不觉

四月已站在了门槛处张望

……

再见炊烟

再见炊烟
是在梦里……

距上一次回家
离家已满满三十年
那是我的心
真正地离家

正月
满心欢喜地回家
在远远的村口
又见炊烟
知道这是母亲的喘息
知道这是妈妈的眼神
知道这是久别的娘亲
早早伸出的双臂
想把我快快拥抱

母亲的味道
越来越近
家的味道

愈来愈浓烈刺鼻

灌入我的胸口

赶出我的泪水

炊烟袅袅升腾

娘亲在烟火的烘烤里

锅上挥铲灶下添柴

合着缭绕的菜香

欢快地忙碌着

炊烟每天每天按时升起

那是母亲

对远游孩儿归家的爱

那是娘亲爱子心切

倾尽所能

亲手描绘的最美画卷

母亲虽拙指笨手

但母亲每日每顿

都倾心尽力地设计着

餐桌上的内容

亦精心编织着美丽的炊烟

它们有时随着风吹　散乱一地

有时又直冲云霄　飞升天际

各种饭菜的美味
亦萦绕在半空
它们或油腻得七荤八素
或清淡得五彩缤纷

然……
那是妈妈最后的杰作
亦是母亲奉献给我们的
最后晚餐！
妈妈的炊烟
与妈妈的味道
同时戛然而止在隔日
——那个滴水成冰
——那个北方正月的清晨……

妈妈的炊烟
同妈妈一起走了
妈妈的味道
也与妈妈一起上路
永远地消失了
妈妈不辞辛苦携着它们
去了另一个国度

也许她怕寂寞
也许她带上她的伙伴

就不再想家　不再孤单
也许她带上它
只为发出一个信号
只为子女在思念的梦里
寻找妈妈时
一眼就能认出
一下就能闻到
属于妈妈的那缕袅袅炊烟
与妈妈特殊唯一的味道

静坐红尘

今天是阅读日
我没有因了阅读日而阅读
因为　我想今天给自己放个假
因为　平日每天
都在孜孜不倦

我什么都不想干
只想静静地坐着
也什么都没想
只顾静静地听着
或在家里
或在水湄……

窗外
嚣声一片
一锅沸腾的城市心跳
与生命大餐
正交合在一起
有细细碎碎不停歇的脚步
有嘤嘤嗡嗡不间断的低语
有汽车突然刺耳的鸣叫

有身旁工地捶胸顿足
发出的几近窒息之隆隆喘息

有远在天边
瞬间而至的风
有近在眼前
又顷刻远去的雨

有钻进耳朵里的歌
有乘风破浪
航行在脑海里的大呼小叫
还有　还有
鸡飞狗跳　一地鸡毛……

红尘陌上
我临溪浅坐
涓涓细流奔涌而东
草长莺飞
敲打着我的心鼓
云去云来
叩击着我的灵魂……

穿回巴厘岛的沙

风尘仆仆
匆匆而去匆匆而回
在巴厘岛的日子
在巴厘岛的阳光下
踏着浪踩着沙
同蓝天共呼吸
与时间携手
慢慢行走

巴厘岛不同的海域
被海浪卷着送上岸的沙
各有千秋
有晶莹剔透小颗粒的
有微白微黄细细绵绵的
有黑色像泥鳅一样
顺滑机智的

它们每次与浪一起
呼啸而来
把猝不及防逃离的脚丫
团团包围

亲密相拥

然后 又迅速
釜底抽薪
松开怀抱
浪与沙情侣般
双双牵手
转身隐退 没入海里

一次又一次
踏浪者与浪与沙
拉拉扯扯
你进我退 你退我进
缠缠绵绵无休无止……

然 无论再怎么不舍
欣赏和有着
最爱的冲动！
抑或 已撷取了那朵朵
最美的浪花
终究 都是浮云

只有不动声色的沙
悄悄跟着鞋底回了家

竹下听风

清幽小径
穿过两旁伫立的竹林
蜿蜒着向前游去

我安坐竹林脚边
仰望翠绿
尽染苍天

许久
风不来　竹不动
我亦目不转睛

半晌　鸟鸣打破了寂静
不是一只鸟
也不是一种鸟的歌声

但只闻其声
未睹其形
没见芳容

除了鸟儿

有一搭没一搭叽喳之外
远远尽头有若有若无的乐声

间或　一段一段便是安静
竹叶与竹叶不说话
我清晰地听到了自己的心跳
……

一阵沙沙的脚步声
——风来了
它轻柔缓慢但却摇曳而来

于是　竹叶在风经过的瞬间
毫不犹豫地举起双手鼓掌
眉开眼笑　热烈欢迎

有的还手舞足蹈
兴高采烈地发出窸窸窣窣的
欢呼与欢笑声
坐在竹下
我亲历了风到来时
竹的聒噪

倾听着
风与竹的絮语情长

78

也感受到了它们的缠绵与不舍

但终究　竹没有留住风的行走
它只有注视　追逐　目送它
经过　远去……

观　荷

从三月初
几乎每周都去观望一下荷塘
起初
荷与荷塘
还是去年冬天的模样
荷的枯叶或趴在水面
或倒在水里
一池破败萧索
浑浊的情景

渐渐
春风一茬茬吹过
岸上的秃枝争先恐后
开出了花朵
池边垂柳的芽
伸进了水里
慢慢染绿了池塘

四月
池底的荷
不敢寂寞

偷偷潜出家门
悄悄拨开挡在身旁、头顶
先人们不堪一击的庇护
决绝地崭露头角
要自己当家做主

荷

如此这般
倔强的一片、两片、三片
一株两株，一株株
不断地冒出招摇的头

刚开始
它们还蹑手蹑脚
紧紧攥着拳头
可没过几天
就大着胆子
朝天，一片片
张开了炫耀的大伞
五月
荷塘还是一如既往
无波无澜
它静静地看着光阴经过
看着太阳升起又坠落

栖息在塘里的荷家族
在这个春天
欲望高涨
它们不停地孕育
生养着许许多多，繁茂
苗壮成长的后代

坐看风云

凭窗远眺
观风云变幻

起初　那朵云
不　是那片手牵手
拥抱在一起
连成一片的云
被风驾着
徐徐而来

来了　压在头顶
乌黑　乌烟瘴气的黑
顿时　气管就瘦了一大圈
本来惺忪的眼眸
又多了几分睡意

待乌鸦的影子
歇脚在天空的时候
云忍不住掉下了眼泪

许久……

不动声色的风
悄悄地擦干了云的泪水
挟持着老实的它
偷偷地逃出了阳光的视线

我的家乡叫四合

每想到家乡
四合这个名字便鲜活起来
一想到四合
父辈祖辈
或明丽或沧桑的面容
与声音
便一次次浮现
回荡……

四合　是与所有家人与自己
齐名的记忆
是咿呀学语之时
镌刻在奶声奶气里的烙印
是流淌在幼小稚嫩
生命里的血液
是追随着家族的基因
毫无逆转的传承

四合　养育了我
我们喝着这块大地的
乳汁长大

我们在她的怀里
肆意地撒欢儿疯跑与践踏
我们剖开她的胸膛
取出粮食
我们抽干她的血液
喂养牛羊

四合——
她是一位健硕的母亲
是一位在她身上
可以任意宰割挥霍
反反复复春种秋收
不断轮回着疼痛
她却毫无怨言
通通包容
慈祥善良的母亲

她是一位默默无闻
无私奉献
给子民大爱
大慈大悲的母亲!

四合
我的家乡
我的朦胧的爱

梦与梦想
开始的地方……

风的脚步

风从河的那岸来
它蹚起了一河
层层叠叠的波纹

粼粼波光
前赴后继向这边跑
还未及岸
就急不可待
已把手伸向了冲着河里
伸着懒腰的树梢
接着
就顺势爬上了树顶 树心

它一路跑来
暧昧地吻上了我的脸
撩拨着我的发
抚摸着我的肌肤
掀起了我的裙裾
它梦呓般
在我的耳边
细语呢喃

在我的睫毛上

久久盘旋

在我的不远处

挥舞着花朵露出盈盈笑靥

……

树跟着风的脚步

一起 齐声

哗啦啦……哗啦啦……

摇旗呐喊！

风跑得太快

好多树叶没来及反应

没能站稳

它一路过去

人仰马翻

飞驰的风景

匆匆钻进金身铁甲

长蛇的肚子
便在一声呜呜后
随巨蛇飞奔起来

透过向外的窗
所有的风景　光亮
都疯狂地向后
飞驰而去

开始是站台上
挥舞旗子的大盖帽
然后是送客的笑脸
也有泪水
还有不舍　还有惆怅
也还有失落

接着　是一栋栋高楼
已住人的　未住人的
还有正在加紧建设的
飞驰
一并飞驰

向后飞去的
有阳台上的花朵
也有湿漉漉正在滴水

正在晾晒着的
五颜六色的生活
还有人生

那里有青春的荷尔蒙
有中壮年的辛酸与汗臭
也有小儿和老朽
蹒跚 跌倒的记忆……

飞驰 一路向后
飞驰的草木
飞驰的河流
飞驰的云烟
飞驰的念头
……

伴着向前的火电蛇
飞驰 用速度
告别了太阳的光芒
飞驰 以消失的风景
谱写着月影星辰
华灯初上

飞驰 是与美丽风景的
一面之缘与擦肩而过

飞驰——

是列车

永不落幕的宿命……

行走的光

下午四点五十分
时光在荷塘里
在风吹皱的水面上
在跌宕起伏中
奔跑得波光粼粼

像似与黄昏约好
约好去一个
耄耋老人家做客

下午四点五十分
岸上的树
被水上飞起不安分的
一缕缕金灿灿的光抱住

然后从它的树干
一直攀爬到
树枝树叶树梢
下午四点五十分
猴子般敏捷的光
越爬越快　前赴后继

往上　再往上
照亮整棵树

将近五点
时光不停地
还在池塘里行走

在岸边的树上行走
在假山的身上行走
在花儿的笑容里行走
在小鸟的翅膀下行走
在人们归家的脚步中行走

直到
走进深深暗夜
悄悄张开的血盆大口里
……

去拉萨

闭目在一只不用振翅
不用睡觉
不用喝水
也不用吃粮食与荤腥的
银鸟肚子里
穿过白云阻挡的屏障
在浩瀚的蓝色海洋上
慢慢　无痕无迹地划过

划过　轻轻
降落在天堂的门口

悠悠然
漫步在天堂的街头
仰望着　抚摸着
思量着　追忆着
这圣城的前世今生
那圣殿的角角落落
……

布达拉宫安坐在山脊

朝拜的信徒在脚边
萦绕着周身
默念 转经 匍匐
向前……

遥遥相对的大昭寺
那里有人头攒动的八廓街
有寺前的虔诚
有绵绵不绝的长头
有远道而来
莫名发呆的无念

有从经房飘出的梵音
有辩经的机智与喧嚣
有安静的历代活佛圣坐
有静谧的走廊厅堂
还有悄悄留下的脚印和哈达

有偷偷抛掉的贪心妄念
有卸掉烦恼摒弃的欲望
有无奢无求的轻松自在
有放下的勇气与力量
还有茅塞顿开悟道的闪光
……

在那木措
与仓央嘉措遗迹紧紧拥抱
留下了深情的体温
在羊湖
把贪婪的眼神丢进水里
并在湖边印上指纹

在拉萨
在那无欲无念的日子里
我逝去了
原来的自己

故　乡

井水的甘甜
炊烟的味道
哦，故乡

鸡欢狗跳的热闹
热炕头上的暖和
大葱蘸酱的辛香
墙根老掉牙乡音
都是故乡最温馨的部分

故乡
是地里长出来的骨气
是田埂上奔跑的希望
是直立行走根与血脉
是魂牵梦绕爱与故土

一个让人怀念的地方
是一个义无反顾走出去
又想回去的地方
是一个任何地方
都代替不了的地方

是一个你的心
从没离开过的地方

故乡
是其他地方再好
也无法与其比较的地方
是身心疲惫了
想去靠岸的地方
是灵魂常常藏匿的地方
是条条奔腾的支流
最终入海的地方
是叶落归根的地方

梦幻布拉格

一块块古石铺成的广场
一座座高闶入云的城堡
大片碧蓝的天空
散落在空旷里的各色人们和鸽子

牵着梦的手
游走在布拉格
甬道尽处
画外飘来袅袅舒缓的异国旋律

布拉格
阳光五彩缤纷耀眼温暖
花朵姹紫嫣红娇艳欲滴
人们脸上洋溢着明媚的笑靥

这里空气弥漫着醉人的香气
这里风景充满着迷离的鬼魅
远方近处氤氲着若隐若现
清晰与陶醉相拥同行

时间仿佛凝固

许久　很久
我竟然一个人站在水的中央
四周是城堡的美丽天窗

我的手中擎着一顶
初恋时半遮羞涩的粉红帽子
想摆个青春的姿势
却找不到镜头后面的俊朗面庞

一场孤独的游戏
眨眼就要落幕
夭折在我在哪儿的诘问
与虚无的醒来之际

一切美好
转瞬即遗失在布拉格广场的
晴空白云之下
烟灭在回过神来记忆的门槛内外

101

一只脚走在另一只脚前面

一天 一座城
从一座宫殿到一座教堂
从一个以天才为名的公园
至天才的故居

一只脚走在另一只脚前面
行走
——寻找往昔的故事
追赶
——聆听大师的声音
……

宫殿犹在
装束还新
天顶画栩栩如生
一尘不染
仿佛刚刚宣布最后一笔的
戛然而止
徜徉 徜徉在张张
金发碧眼的笑脸中间
穿行 穿行在件件久远的

宗教信仰的包围里面

聆听 聆听一个伟大天才的
天籁之声
目睹 目睹一代音乐大师的
亲笔遗迹

故园依旧
钢琴还在
门廊默默地矗立
天才已逝
仿佛刚刚抬起双手的最后指尖
从未走远
……

一只脚走在另一只脚前面
一整天 用脚步
用心用眼用灵魂的皈依
去丈量触碰抚摸
过往的温度与存在
历史与记忆

维拉努夫宫的圣母马利亚
犹在身旁无声地诉说
伟大的音乐大师肖邦之音

犹在耳畔温柔地倾诉

……

草坪一如当年般碧绿
小雨在与小花妹妹
和蘑菇姐姐不停地说着悄悄话
参天大树与木制小桥
指引我们走出了公园的路

漫步华沙

西吉斯蒙德柱默默地
屹立在华沙城堡广场中心
它居高临下　注视着四方
凝视着八方来客
聆听着宇宙的回音
倾听着世间最美最丰富的语言
——爱与情感的表达

老城区悠长的小巷
是广场伸出的纤纤玉臂
玉臂两旁堆满了
晶莹剔透黄澄澄的蜜蜡琥珀
在它的掌心
端坐着诞生波兰的美人鱼

仰望美人
不由得为她左手持盾
右手擎矛的景象而悲哀
阵阵酸楚泛上心头
情不自禁
忆起二战的惨烈与悲壮

走过二条街

华沙起义纪念碑

赫然在目

墨色的英雄群像

在奔跑在为彼此掩护

在呐喊在传递着胜利的

消息与喜悦

仿佛顶天立地

因了那惊天动地之势

冲破了牢笼

华沙军事大教堂

与之遥相而立

含情脉脉四目相对

似一双情侣

抑或一对莫逆

日日夜夜畅谈不息……

日　　出

漆黑吞噬了云

吞噬了夜……

高空之上
人们自顾自或昏昏欲睡
或已进入梦乡
只有嗡嗡的马达
自顾自孤独地响彻云霄

许久……
飞机左侧渐渐泛起
浅浅的灰
接着　一条细细的
锋刃一样的白光
把黑暗瞬间划开了一道
雪亮亮白花花的口子

霎时　口子越来越大
越来越长……
长得像一条奔腾流淌的银河

在河的上下
周围　不远处
有从浅入深漂亮的青绿色
粉里透红紫蓝相间
橙　黄　灰并列的七彩祥云
笼罩环绕　美轮美奂

缤纷之下
刹时 万箭齐发
万道金光射破天空所有暗淡
点燃碧海上浮起的座座雪山

此时此刻
云朵层层叠叠肆意地绽放
人们惺忪的面容
披上闪闪亮亮的金辉
……

冉冉升起的金光从半圆
到露出整张圆镜般的笑脸
它刺眼炫目的眼神
炯炯地注视着
问候着我们
——早安！

在风中

一出门就被迎面吹来的大风
撞了个满怀
趔趄了一下下后
便开始不可抑制地噼噼啪啪
打起了响亮的喷嚏

大风团团围住了我
头发向左向右向前向后
飘来荡去
它也肆无忌惮地抽打着
我的裤脚
尽量裹住我前进的步子
亦步亦趋

在风中
花花草草
站在路边不停地摇
参天大树在头顶
不停地晃
墨染的乌云
在天上不停地飞

在风中
如果风中又夹着不大不小
零星的雨
伞是最最痛苦的角色
被风扇过来的巴掌
时不时地掀翻
如硬挺着
还会彻底干脆地断了脊梁
抑或手脚

在风中
在秋风秋雨中
落叶飞舞是一道风景
青黄枝叶交叉重叠
是一幅画的最美妙素材
还有一个自我催眠
奔向冰雪童话的梦

时间的翅膀

梦的翅膀已陨落
思念的翅膀已折翼
时间的翅膀正在飞翔
远去……

眨眼之间
一瞬一刻一年
挥手之间
一生一世一春秋

时间的翅膀
慢慢飞过流年
飞过岁月
急急越过沧海
越过桑田

风是时间的翅膀
风来绿了两岸
风去红了枫叶
刮走了白昼
又捎去了黑夜

雨是时间的翅膀

雨落拔出幼芽

雨回送来了雪花

四季轮转

不眠不休

雷电是时间的翅膀

惊雷打来

劈开了坚硬的冰河

闪电袭来

照亮了灰暗的日子

哟！时间的翅膀

从不犹豫

从不彷徨

无论载着忧伤抑或快乐

勇往直前　永不止步

红

太阳　血　火
同一根系
它们都是红的兄弟

日出　举着火把
冉冉升起
那彤彤的红
映入眼眸
淌在血脉里
如洪如流
奔腾不息……

红　是燃烧的烛
是太阳的血
是烈焰的花火
是生命的颜色
如你如我
绽放摇曳

陌

· 光影留痕

读子萱《坐看风云》

凭窗远眺

观风云变幻

起初　那朵云

不　是那片手牵手

拥抱在一起

连成一片的云

被风驾着

徐徐而来

……

读完子萱的这篇《坐看风云》，心情久久无法平静。她的文字就像情景剧一样，所有的场景一一呈现我的眼前。

很少有作者能如此纯熟地用拟人和情绪递进手法，把情直接嵌入画面里，去刺激读者的泪腺，去牵动读者的思绪，去和读者产生强烈共鸣；还让我掉进她的文字绚丽幻境世界，不愿走出来。

本篇文字的重点，作者就直接宣泄在：

待乌鸦的影子

歇脚在天空的时候
云忍不住掉下了眼泪

许久……
不动声色的风
悄悄地擦干了云的泪水
挟持着老实的它
偷偷地逃出了阳光的视线

这两小段里，如此动人的画面，怎能不让我感动呢？

陈利平，诗人，住香港，现任香港国际青少年诗歌联盟会长。

行走的绿色

冬天就快过去
在南方猫冬的绿色
即将起程
起程　驶向北方

绿色搭乘着春风
一路向北
轻轻扫荡
所到之处抛下绿意

绿先在枝头
牢牢地站住
而后又转移到
小草　种子身上

它们依次
把绿顶在头上
擎在手里
欢呼雀跃尽情地摇曳

大地被绿色侵占

被花草树木紧紧拥抱
就连空气都吻着绿
因它是生命的象征

绿色不停地行走
直到遍布全球
走遍每一个角角落落
直到 生机勃勃

木棉花下

烟雨三月的花城
木棉花已开过了荼蘼时节
经过满树火红燃烧之后
绿叶正不安分地慢慢伸出拳头

细雨霏霏的清晨
匆匆出门
匆匆行走在偶然落在头顶
或伞上的木棉花下
打伞或不打伞
都别有一番韵味与诗意

远远近近望去
眼中总是红中夹着绿
绿中含着红
红是大红的红
血的红
早晨初升的太阳与晚上落日的红
红得纯粹红得高调红得招摇
红得有点快烤着的心焦与狂躁

它身边

左右的绿

有的绿得含含蓄蓄羞羞答答

有的绿得郁郁葱葱浩浩荡荡

走在它们的眼眸之下

或伫立在它们的脚边

被目送

抑或被亲切陪伴

很温暖很温馨很惬意

有一股莫名的爱意

在心间静静流淌……

一树黄花

路边
矗立着一树黄花
没有一片绿叶
一朵朵金灿灿的黄
黄得耀眼
黄得头晕目眩

黄花安安静静
站在一大堆绿色当中
享受着众星捧月的待遇
它既是焦点
又无比高贵
有种被娇惯尊宠的感觉

黄花开得正荼蘼
连花芯花蕊
都尽情向外伸着懒腰
以至于你挤我
我挨你
一簇簇肩并肩
背靠背

不知
这花树叫什么名字
也不知它的黄色
是如何染成

当我见到它时
它已在那儿等候
守候在它的家园
与打它眼皮下走过
或驻足观赏的看客
面面相觑……

谷雨时节话谷雨

清晨　天空晴朗
微风拂面鸟语花香

中午时分
一片乌云不由分说
转眼之间移至头顶
凉风　接踵而来
瞬间席卷

迅速变脸的天
簸箕倒豆
顷刻　撒下倾盆大雨

一阵沟满壕平之后
老天由阴转晴
渐渐露出了笑脸
花草　树木　房子
街道　汽车　轮船
行人　飞鸟　伞……
通通彻彻底底洗了个澡

落雨时
我依窗而立
很努力很认真地观察
辨别
谷雨是否是谷状
抑或可否夹带着谷子
一同落下

猛然醒悟
非也！

去远方

打起行囊
备好干粮
去远方……

远方
在遥远的异国他乡
要穿过海陆空
穿过半个地球
穿过心的田野
与时间的洪水猛兽
一同奔涌奔跑

与光阴的刻刀
一起挥舞向前
与岁月的那个强盗
共同在生命里
肆意地掠夺刹刹当下

又在作孽的小偷
偷走我们一点点微微所剩无几
不再青春的容颜之后……

我们

才能理所当然

心安理得地

抵达！

穿越红尘

穿过车水马龙

穿过灯红酒绿

穿过喧嚣与浮躁

再穿过凡心尘俗的物欲与累赘

走向你——

走向峰峦叠翠的山谷

走向梵音缥缈

青烟缭绕

心灯长明的归宿

穿过尘世

穿过羁绊

穿过儿女情长的牵念

再穿过红尘往事的不舍与留恋

走向你——

走向梦中

一步之遥

十方天地的大智者

无量慈悲之须弥山

穿过烦恼

穿过贪婪

穿过名利的牢笼和枷锁

再穿过纸醉金迷的樊篱与桎梏

走向你——

走向心中

纤尘不染

广袤无垠洁白无瑕之

净土……

月亮来了

月亮遵照老天的旨意
按时来到岗位
她瞪着明晃晃
薄凉幽怨的眼神
寒光闪闪
注视着世间的一草一木

大地被她看得吓白了脸
沟渠也像做了贼
藏起了手脚

月亮来了
月亮如水的眸子
扫过高楼广厦
掠过花草与树上的鸟巢
然后 铺满整个山川
湖海与露台

月亮来了
她侧着身从门缝
挤进来

她的影子像刀刃一样薄
似剑锋一样亮

月亮来了
她穿过棂上的玻璃
硬生生　落满一地白昼

月亮来了
她的眼神
唤醒了沉睡的黑暗
她的明亮
淹没了整个地球

诗 与 远 方

行走在远方胸膛上的旅人
活得如诗 如画
如神仙！

站在远方的肩膀
忘记了柴米油盐
忘记了房奴车贷
忘记了生活中的不愉快
也忘记了佳侣怨偶
之间的情债！

诗只有在天边
才会诗意与美丽
只有远方的美景
才能引起诗情画意
幻想与兴趣

诗与诗人
在哪里盛开与徜徉
远方就在哪里
静静 悄悄地张开翅膀

远方——

是等待你

去发现诗的地方

远方也是——

你的梦

抵达的故乡……

雨中漫步

天青青　雨茫茫
每一只行走的伞下
都游荡着隐藏在躯壳里
一颗不安分的灵魂

霏霏细雨挡不住
狂风暴雨也挡不住
暴风骤雨依然挡不住
前行的脚步……

雨中行
雨中漫步
徜徉在雨水里
别有一番景致与心境

是清新舒爽的惬意
是淋漓尽致的畅快
是与老天同呼吸
同在一处
共命运！

风雨中
锤炼了意志
锻造了隐忍坚强与面对
风浪里
历练了软弱
磨砺了退缩畏惧与逃避

雨中漫步
静静地修炼心性
让心身灵　合而为一
目视前方
一同跟上行走的脚步

凝望太阳

平静的湖面

突然钻出一个太阳

太阳晶晶亮亮

但不刺眼

那是下午五点的太阳

那是湖水洗过的太阳

那是睡过午觉

又走了一天沟沟坎坎

爬雪山过草地

疲惫的太阳

那是被微风吹得

有些凌乱的太阳

那是没有能力控制

没有力量分分秒秒

保持宁静　淡定

圆满的太阳

那是一片落叶

就砸得它粉身碎骨

破碎不堪的太阳

逆　行

路上
一骑电动车的草帽女
风驰电掣
逆流而去
我猜
她上辈子
一定是一条
急着去产卵的鱼

行走的快乐

路上
我看见一朵快乐
坐在一个少年的脸上
匆匆行走

快乐的脚步
快乐的背影
合着快乐的风与云朵
一同快乐地朝着明天进发

蓝天下　时光里
我看到更多更多快乐的花朵
朝四面八方散去
也从五湖四海涌来

快乐不但爬上了人们的眉梢
快乐也驻扎在乐观者的心田
它时时刻刻勇敢地
朝着太阳的方向　迎面赶上

人世间　蒹葭边

我擎着撷取来的快乐
一路攀山越岭
蹚水而过

快乐没有心事　不知对错
快乐从不计较　红尘冷漠
哪管它阡陌里的是是非非
哪管它愁云忧雨袭上心头

快乐在行走
在晴空下
在人们的眼里　绽放着
鲜艳夺目五彩缤纷的美丽

炎热的午后

午后　太阳出来没有打伞
风热得晕了过去

树热成了植物人
河水热得慢慢移动着脚步

花朵有气无力地站在枝头
一动不动默念　心静自然凉

蝴蝶夹着翅膀
坐在背阴处的树梢上偷懒

汗水肆无忌惮地狂奔
知了拼命地喊着　热死了

公园里瘫在椅子上
与躺在草地上的人都喘着粗气

只有喷水的龙头
和园丁大爷忙得团团转圈

天鸽飞去

台风天鸽匆匆而至
又匆匆而去
它来时叱咤风云
走时一片狼藉

枯树枝横躺竖卧一地不说
连青春壮年的树杈
也被天鸽经过时
撅断了胳膊

再嫩一点儿的
就完全夭折在了母亲的身旁
枝头上的花没了
被天鸽活生生扭送去见了阎王

往常站在路边
整整齐齐的共享单车
此刻个个东倒西歪趴在地上
像做了噩梦挣扎着醒不过来的样子

路上 有处处积水

也有片片落叶
差点儿堆积如山
……

天鸽飞走了
昏暗 风雨交加的天
渐渐有了些许的青色
万物也慢慢清晰起来

身边
突然涌出许多行人
或打伞
或不打伞……

灵魂行走在纸上

以笔为意
此时落笔为诗
或吟或不吟

此时　笔
是灵魂的倾诉
或厮杀或畅想

灵魂驾驭着
不停吐丝拉线的笔
或抽茧或自缚

素笺的田垅上
遗落了灵魂行走的脚印
或整齐或凌乱

以笔为舞
此刻悦动在银白的世界
或龙飞或凤翔

此刻　笔

就是灵魂的嫁衣
或艳丽或素雅

以笔为名
灵魂一直描绘着喜怒哀乐
或爱恨或情仇

笔
就是灵魂的翅膀
或飞起或落地

笔啊！
——灵魂！
合而为一彼此相依

行走
是灵魂的目的
也是灵魂存在的意义

凤凰花

自从认识了凤凰树
便不自觉地总会在路边
丛林寻找
寻找那簇簇烧天的火红
寻找那翠绿壮丽的身影

一次 出行在路上
不经意间
疾驶的车窗外
掠过一片片红彤彤的焰火
那是绿色举起的火把
是在万绿丛中
熊熊燃烧的模样
是一片碧海中
随风摇曳跳动的生之心

车子绝尘飞奔
还未待回过神
身边一个叫凤凰的姑娘
惊喜地喊了一声
凤凰山庄到了

秋雨绵绵

南方的初秋
早晚略有凉意
雨也下得绵绵长长
嘤嘤袅袅地恣意

秋风送爽
秋叶偏黄偏淡
略有枯萎状
似哭干了泪水的老妇人的脸

秋雨天
天空罩了一层灰蒙蒙的纱
偶有大朵大朵的云
也是灰黑灰黑的墨染过一样

天边
灰白相间
有同样墨色的山影环绕笼罩
看不见一丝丝绿的踪迹

清晨像晚

像睡熟的夜没有醒来
滴滴答答的雨声
似中年深睡均匀的呼吸

调皮的绵绵细雨
淅淅沥沥
沥沥淅淅
孩童的尿水般
从头顶断断续续地淋下

顽皮的秋雨啊
沥沥淅淅
淅淅沥沥
又像暮年老人
行走在天庭滴下的汗珠

深　秋

身处南方
虽深秋脚步已近
却不知秋深滋味

深秋　红叶　霜露
在画里在纸上
在儿少时故乡深处

这里之秋
之晨　之午　之晚
绿意茂密盎然阳光和煦

这里之——
秋天　秋阳　秋韵
依然如夏若画亦酷热难当

鲜艳艳粉红三角梅
浓密密一树小黄花
依然如昨顾盼生姿巧笑嫣然

青草　碧叶　枝芽

通通——
都没有脱掉盛夏梦的衣裳

骄阳似火
如芒在背　同样
烧灼刺痛着匆匆奔走的影子

深秋　秋季的南方
来自北方的异客
心神早已游回了出发的起点

大雁归去

清晨的岭南
天空一片寂静
早升的太阳
被厚厚的棉絮遮得密不透光

天边隐隐约约若有若无
渐渐传来声声清脆的雁鸣

由远及近　迅速划过
一条条细细的黑线
抑或尖锐的箭一样射过
抑或披着纯黑斗篷的船
在暗色黛空中飘过

那是北归的雁
与雁阵的姿态
是起程的号角吹响后
归心似箭梦的形状
是天空无畏的精灵
闪电般越过头顶的节奏与仪式

向远方……
回家乡……

它们用扇动的翅膀
挥别人们的视线
它们用不轻易变换的队列与歌唱
同人们说　明年
再见！

秋风乍起

忽然一夜秋风来

来得迅速

来得猛烈

它是拽着梦的尾巴

先于紧跟其后的台风

匆匆而来

天气陡然冷了大几度

冷飕飕的小刀锋

在脸上和没来得及

穿长衫长裤

裸露在外的胳膊和小腿上

一遍遍不留痕迹地划过

天光也阴暗了许多

漫天飘满移不动的棉团

眼看就要压到头顶

总想举起手把它撑高一点点

风越刮越烈　越响

越跑越快　越急

小树疯狂地跳着摇摆舞

差一点点就要扭断脖子
大树的头发
跟着东西南北的来风
使劲地甩来甩去

街上的行人
跟着顶着雨滴的伞
一路奔跑……

一路花伴

飞奔　慢行
停车　等待……

路边的花在看我
我在看着伫立风中的它们

一路在车河里流淌
一路有花儿默默相伴

如血的红
似桃的粉
黄色招摇刺眼
紫色神秘高贵妩媚

那是刺梅三角梅夹竹桃
鸡蛋花和什么什么花……

车河两旁
花树锦簇
花香恣意沁心
斑斓了天地诱惑了思念

花儿妖娆朵朵生怜

秋千摇曳神魂梦幻

伴着路人

伴着出发与归途

我用眼睛

——向它们告别

它们用怒放的笑颜与挥手

说着一路吉祥喜乐平安

月　牙

我走
它也走
我看着它
它也看着我
我两眼昏花
它目光清澈

我贴近山边
看不见它
它躲在山后
一路尾随
我穿越山洞
它悄悄等在洞口

我不动声色
笑在心里
它嘴角翘翘
笑弯了腰……

又见残荷

去年今时
我来过
荷塘依旧
残荷如昨
在风中萧瑟
在记忆中摇曳

残叶收拢着
夏日里尽情张开的翅膀
孤苦伶仃形容枯槁地站在那儿
默然 看着身边一个个
同样骨瘦如柴的亲人
要么摇摇欲坠
要么已一头扎进了水里
自我了断
而无能为力

远远的湖心
还有几片 貌似
生命力旺盛的壮年
依然在风中傲立

依然顽强地张开着热情的怀抱
迎接观众赞许的目光
同样　难逃万箭穿心
秋风的盘剥……

两只巴掌大的小水鸭
欢快游来
惊起了一只远去的白鹭
惊醒了沉睡在暮年里的我

落　日

天边青云着火的时候
骑在山尖上的半朵落日
正在熊熊燃烧

回家的牛羊
披上了血色无痕罩衣
赶路的脚步踩着无感的火
一路狂奔

小鸟啁啾归巢
花儿关闭了窗口

树梢渐渐伸进了太阳的心里
慢慢变黑　变焦
最后糊成了一片夜色

交替季节

深秋
一切绚丽
一切萧瑟

收拾起对盛夏 初秋
美丽饱满的爱与期许
打包一份安安静静
等待冬至的黎明
与黄昏里一场燃烧的雪

在一个庄严 红绿灯
频繁转换的十字路口
我与一只急着赶回去猫冬的蝴蝶
擦肩而过……

秋的童话

在月历牌上
把夏最后一天
隔在门槛之处那夜
秋就悄悄打着灯笼
挤了进来

它先小试牛刀
轻轻地挥了挥衣袖
结果　就有几片动摇的叶子
随风坠下

接着　它胆子大了起来
白天就举着火把
到处奔跑
夜晚就继续扇风　挥袖

叶　层层叠叠
不断地落……
几天工夫
上蹿下跳的秋
已把叶的绿渐渐赶跑

再后来

它突然　慈悲

以一段长长温暖的怀抱

等待着嶙峋的幼鸟

慢慢慢慢

长出丰满的羽翼

闪电般

穿越冬季

向往雪

十月阳光如炬
十月薄薄的百褶荷叶边
恣意地飞旋

南方十月
绿意盎然如春
白花花的阳光　依旧
照在各色花儿脸上

向往一场雪
向往来自北方的花朵
冰凌如晶的冷
和漫天的童话

白是家乡冬的底色
白是故土母亲的妆容
白……
是游荡在南方梦里
不愿走出的颜色

向往那浩浩荡荡

飞舞在极寒之地的白精灵
向往那柔柔软软纯洁的
结结实实盖住山川的
厚羽被

向往雪
向往彻骨的寒
把污浊的灵魂通通漂白
把欲望的火焰深深埋葬

雨落肩头

正在晴朗朗天空下
花间行走
一股轻灵曼妙的风
无声地擦肩而过
顺便掀起了飘飘的衣袖
和摇摇的裤脚

挣脱云的管教与束缚
匆匆跑出家门的雨点
霏霏落下
很轻　很细
像是怕严厉的家长闻声追来

小雨轻手蹑脚花瓣一样
轻拍我肩
仿佛瞬间迈进了
一个烟波浩渺
氤氲江南三月的梦里
渐渐
雨越落越急　越大
不一会儿

整个天地哭成了泪人

肩膀终于承受不住
雨滴的问候与拍打
逃命一般
钻进了路边檐下

花落树下

异木棉
是我喜欢的花儿之一
它不像木棉那样赤烈火热
更像桃花那般粉嫩柔和

南方的初冬
花儿大部分还开在枝头
少部分已落在树下
无论是黄的
还是紫的

从异木棉树下走过
一股淡淡幼苗的烟香味
扑鼻而来
它不像隔壁鸡蛋花
有种甜腻腻胭脂的味道

弯腰 拾起一朵落花
细嗅馨香
仰望 满帘繁华水粉
妖娆摇曳

167

树上树下

漫天满地

绽放着生命的梦幻

也凋零在这一季末

坠地为泥

手擎花朵

看到多年后

自己坐在它的里面

坐看风云

凭窗远眺
观风云变幻

起初 那朵云
不 是那片手牵手
拥抱在一起
连成一片的云
被风驾着
徐徐而来

来了 压在头顶
乌黑 乌烟瘴气的黑
顿时 气管就瘦了一大圈
本来惺忪的眼眸
又多了几分睡意

待乌鸦的影子
歇脚在天空的时候
云忍不住掉下了眼泪

许久……

不动声色的风
悄悄地擦干了云的泪水
挟持着老实的它
偷偷地逃出了阳光的视线

诗在生命中奔跑

一首诗 每一首诗
都跟着生命的节拍
或匍匐或奔跑
被它揣着捂着孕育着
然后艰难分娩

诗与生命同行
生命里有诗的花朵与色彩
有芳香艳丽与盛开
也有诗的眼睛在窥探
窥探摇摆在风中的万物众生

听 生命之流
时时刻刻汩汩逝去
无论白天黑夜
抑或在旖旎的梦里
诗歌滋生 繁衍
堆积如山……
直至
生命尽头
要么两者共荣

要么共同面对死亡
黄泉路上
彼此相伴一路高歌

北风啸

冷　很冷
站在冬的风口
不知向左向右

天空漫卷着一丝丝蓝
多数是灰
光秃秃的树走出了春夏的故乡

大地寒凉
大地被白花花的毯子
盖得严严实实

我站在黑蒙蒙呼啸的风里
两手冰凉
还不住地咳嗽

天光　突然雪亮
北风骤停　抱着自己
裸露的身子我回到了南方的早晨

如　果

如果你落地
我将看不到你的羽翼
只看了你的双脚
和大地

如果生命中的生命
都能自由地飞翔
我将看不到你的翅膀
只看到了天空
一片湛蓝

如果灵魂中的灵魂
都能活得无拘无束
真实磊落
我看不到你飞翔的羽翼
因为
你不是鸟！

心　缝

一群虔诚的魂
途经庙堂
爱情鸟匆匆飞过

飞过的还有红尘
金银和欲望
还有伤悲

打坐的是天地
念经的是诗人
冷眼旁观的是月亮和我

小鸟来看我

阳台上飞落一只小鸟

浅咖与麻灰色相间花纹

婴儿拳头般大

它优哉游哉地踱着步

时不时地伸着头

往屋里看

我坐在屋里

一动也不敢动

目不转睛地看着它

烟火之外

梦乡
是我最喜欢徜徉的地方
那儿没有柴米油盐
也没有牵肠挂肚

我每每走在梦里小径
要么心情舒畅
要么轻舞飞扬
在蒹葭水边
在红尘陌上
都无不与神仙同行
与逍遥同游

这里没有烟火之气的熏染
这里没有俗世凡间的
名利纠缠与撕扯
这里有听不见的响彻雷声
这里有唱出的心语
这里也有纯净的海阔天空

梦之乡

在烟火之外
那是上天赐给我们的自留地
那是我们生命小憩的后花园
那是我们活着的 死去的
另一个完美世界

红

花叶情愫

抚慰，清风细雨的触须

——读子萱《择一字终老》一组

生活中，我是怕女性的，怕显出我的笨拙来；读诗，我是怕读女性的，怕读出我的粗鄙来。

怕是不成的，因为生命里缺不了她；怕读也是不成的，因为读这样的诗你其实会很受用。

女诗人子萱的诗就是。

它有一万个小触须，尽写初恋少女的小甜蜜、小羞涩、小梦想、小现实、小煎熬、小苦涩、小荡漾、小喷泻、小绽放、小枯萎……（《初恋是朵未开的花》）少男少女初恋的感觉有多细，女诗人的触须就有多细；她把每一个触须放大一百倍，再生出更细小的须毛，探寻到最高级复杂的灵魂深层里。

那一万个、一万万个小触须伸展开来，向四处行进，触摸与游走在你的灵魂和躯体。"睡去／是为了与你相聚……醒来／是为了想你"（《想你是我活着的理由》），女主人公的款款表白任谁个有情人不志得意满？"你时时刻刻／你分分秒秒／伴我左右／你是我活着的空气／你是我生命的喘息"（同上），这样的痴心任谁个铁石心肠不回心转意？人生至高境界莫不得人一心，男权世界至高快慰无非江山与美人，更有文人骚客大写意弃江山而去！

特有的细腻和倾诉式文风让人如沐清风，如濯细雨；随手拈来的诗意表现又使人在情绪满足之余得到艺术美那高一层阶的精神愉悦。"春去春来／直到光阴的投影挂

了拐杖 / 日子的胡须 / 漫过所有青春的记忆"（《择一字终老》），光阴拄拐杖，日子长胡须，拟人化的巧用，就意趣盎然了！

因为诗的任务不是讲故事，不是说道理。

好的作品就要像这样——在诗人的指尖细细体味。

龙歌，《当代一线诗人样本》微刊主编，《中国现代诗人》杂志编委，《中华精短文学》签约作家。

父亲是老板

老板子
老板子……
母亲喊了一辈子
父亲的雅号

父亲赶了一辈子马车
是一挂大车
四匹骏马的老板
也是全队五　七八辆
大车的管理者

父亲一辈子爱车爱马
更爱自己的职业
他有事没事总愿跟马腻在一起
给它们饮水　喂草　加料　梳毛
剪鬃　修尾　钉掌　除粪……

无论寒暑
父亲总是雷打不动
每天半夜必起身
去给他的宝贝们送上夜宵

父亲的大车
是最结实最干净最平整的
父亲的鞭子
是最漂亮最出彩最闻名的
甩起来
也是最响亮的

因为鞭杆上
有一颗硕大的红缨
鞭子上被父亲
涂了上好的麻籽油

父亲
当了一辈子车老板
他为自己是老板这个身份
也骄傲了一辈子

直到今天
父亲已驾着他的四挂马车
扬鞭远行
走了经年之后
老一辈人提起他
还都异口同声地说
老板子——
好人啊！……

父亲的手艺

父亲有两项
特别骄人出众的手艺
是家乡所有人共知
并赞不绝口的

父亲一辈子
以赶车为生为乐为傲！
他虽木讷
但同车马却非常有话讲
它们是他一生最好的朋友
伙伴与陪伴
马脖子上套的套包
就是父亲的杰作之一

每年冬天
每晚　他都坐在昏暗的油灯下
坐在堆成雪山样
白花花的苞米叶子旁
仔细耐心地将一片片叶子展开
摊平　再双手用力捋成线状
随后那一缕缕叶子

便在他的手里
倾听着他对友情的深情与诉说

夜半　那悠长
源源不断的麻花辫
小河一样
从炕上流到地下
流淌到墙角
汇聚成一潭白花花的湖
……

父亲另一个手艺
是编筐
每到春夏季节
父亲就变戏法一样
扛回一捆捆
又细又长又柔又软
适合编筐的柳条

然后　就在每天餐前饭后
下雨不出工之日
用一些零零碎碎的时间
编织着一个又一个
精美的梦

父亲的一生

在昼夜不停的编织中

慢慢溜走

在冬编辫夏编篓

白天剥皮夜晚缝合中

悄悄消失

在四季更迭

周而复始的日子中逝去

父亲手中的洁白

在循环往复的光阴中

渐渐蔓延

蔓延到两鬓和头顶

直到把父亲淹没

尘归尘土归土

梦里一场
硝烟四起厮杀一片
那是战场
那是战火纷飞的情境
那是热闹喧嚣
沸腾的人间景象

梦中她又再现
她不是笼中鸟
也不是温室里的小苗
她既要到外面的天空去飞翔
又会日日朝朝
思还巢

她虽是一棵平凡的小草
但到了秋天
它也会不顾一切
奋不顾身跟着风儿
去流浪
除非你一把火
把它送回到它遥远的故乡

我的梦

百花齐放

有泪眼婆娑

盛装待嫁去远方的新娘

有风尘仆仆

来家探望的亲朋挚友

围拢在茶台旁

共诉衷肠

我的梦

既是我的天堂

它无影无踪

亦美妙异常

它能使我在沉睡时

自由行走春心荡漾

沉醉

陶醉在梦里

迷醉在另一个世界

并得到欢愉畅想

亦能在我醒来时

分分秒秒牵念回望

回味

品味在那虚无缥缈

无声的世界里

那美丽动人的过往

和旖旎的故事与幻象

幸福、拥有

失去、忧伤

你是我的宿命

以笔为情
我在慢慢地梳理倾诉
宣泄我情感的迷茫与困惑
以纸为心
我在轻轻地对自己诉说
此时仿若涓涓细流静静流淌

思绪的轮廓渐渐浮现
氤氲了视线
晕湿了眼眶
淋透了情感
也溢满了心房

你是我的宿命
你是我防不胜防的劫难
我曾经不以为然的底线
被你无端端莽撞地挑战
尽管我严加防范
尽管我死死地封口
但你已是一副不达目的
誓不罢休的姿态

我呀！自以为
逃过了这一生所有的劫
也偿还完了
前一世所欠过的情与愿
殊不知
这一劫是漏网之鱼
他载着上一世的情感与爱意
匆匆追赶

这份无端端的情啊！
已追到了我的心间
已摆在了我的面前
他已不讲任何情面
坚决索要他的债务
坚决要回他的情感
还有欠这一生
两世的利息

我命运的劫
乘着前些日子的秋风而来
秋按捺不住等待煎熬
已然悄悄地
偷偷地走远
可风却不甘空手

折翼而归

你呀！真是我的宿命
看样子我无法逃避
我以为
已人生过半
满心想蒙混过关
唉！欠债总是要还

来吧！
来索要欠你的债
还你的情吧！
我愿意用命来抵
我愿意你把我的血和泪抽干
更愿意你把我攥在手里
永不放弃……

想你在灵魂深处

梦里见你
夜半醒来想你
梦中肆意地相拥
醒来却不能手牵手

想你
想你在灵魂深处
不在此时
即在彼时
我无法摆脱
亦无力跋涉
那个想你的高岗深壑

想你
想你已在灵魂深处
已不在我的意识范畴
我已抓不住
这恼人的思维
已控制不了
这折磨人的思绪
我甘愿做它的奴仆

我不得不做它的傀儡
任凭它在我的身体以外驰骋
天马行空
来去无踪

想你
想你在灵魂深处
我的躯壳早已酣睡
但想你的精灵
抑或是魔鬼
已悄悄出逃
游荡在你的领地
并携回了你的所有信息

可能因为负重
可能因了贪婪的报应
所以
以至于突然从梦中惊醒
是灵魂想卸重
是躯壳已涨满！

灵魂犯下的错
是梦里装不下的那份思念
是现实想让它

曝光在这光天化日
众目睽睽之下

是笔儿捉住了它
它是思念牵挂
它是一首美丽的诗篇

我的心在燃烧

最近
我的心里
莫名地燃起了一把火
这火愈烧愈烈
从内心蔓延到周身
手热脸烫喉咙干

不敢张口呼吸
怕火蹿出来
胡作非为
不敢与人诉说
怕说出来
变成是是非非

我努力地憋着
遏制心中的火焰
尽量不让它泛滥
尽量不使它表露在外面
曾几何时的心静如水
早已被它烤干
曾几何时的面沉似水

早已被这蠢蠢欲动的灾难霸占

心里的这团火啊！
你快点儿自消自灭吧！
不许你再炽烈
不许你再没完没了狂燃
你这样
会破坏我的宁静
会毁了我修炼的前程

我还要往生净土
我不能在临行前
带着你这把无妄的心火
不能带着你
这把欲望的罪孽

灵感乘着火箭而来

总在不经意间
总在没有任何准备
没有任何预兆的时候
它像一道闪电
抑或似流星之速
瞬间呼啸着奔袭而来

那速度之快
亦如乘上了超光速火箭
每次它来
我便速速迎接
立刻打开思想思维的大门
任由那些狂狷般流淌的句子
在笔下肆虐地尽情徜徉
信马由缰……

灵感
不知什么时候驾到
有时是在走路或吃饭
有时是在发呆抑或熟睡
由其睡梦之际

它一到

便毫不犹豫地把你叫醒

然后不由分说

塞给你大把大把

无穷无尽的或忧伤

或浪漫或痛苦或快乐

句子的洪流

它们是你陌生的

是你未知的

也是新鲜、鲜活的

不管你愿不愿意接受

它已涌来

它已泛滥

它已奔腾在你的心海

这时你忽然没了睡意

无法再睡去

无法再平静

碎了梦境

跑了梦里的奇花异草

失了百年不遇的风景

丢了情人与宠物

只有它满满地占领着你的脑际

于是

你若不痛快地抒发书写

不淋漓地释放倾泻

你就不得安宁

不能安逸

它会一直涨满涨满

直到彻底吞噬淹没

你整个身心与灵魂！

秘密花园

秘密花园
在我心的一隅
它盛开着情花爱草
它藏着我
不可告人的秘密

我的秘密
长在这片土地
它已随风摇曳
它已绽放得旖旎荼蘼

我心灵的花园里
有青山绿水
如翠如碧
有蓝天白云
相依相偎
也有痴迷缠绵的柔情
在燃烧
我装着你
你随着我
来到我的花园畅游

你玩遍了我的世界里
每一个角落
你发现挖掘了我所有的秘密

无意中
你俨然占领了我的地盘
也许是
冥冥之中注定
你就该是它的主人

我的秘密
我的花园
我的领地
通通被你掌控
你已成了名副其实
主宰这片土地的王

秘密花园
我心甘情愿
拱手相送
我得到的丰厚馈赠
是你信誓旦旦的相许
是今生今世不了的情意

此时的秘密花园

盛满了
甜甜蜜蜜的爱
载满了
浓浓深深的情

充满了
无比温柔与温存
耳朵里
也灌满了
不离不弃的甜言蜜语

花园的秘密
只有我一个人知道
去到那里的路径
只有唯一
一张单程车票

痴情是祸

痴情是个魔鬼
他扼住灵魂的喉咙
放松与勒紧是它的自由

痴情是个疯子
他发作起来
肆无忌惮赤裸裸地狂癫

痴情是个傻子
他根本不知道自己的愚蠢
却振振有词自作聪明

痴情
是地地道道中了邪
被一双无形的手牵着鼻子走

痴情
如果钻进躯壳里
那么身体就是一具行尸走肉

痴情一旦占据了思想

就仿若掉进了无底的深渊
无论怎么挣扎都没用

痴情难耐
因为痴情是火
是欲望被焚的炼狱

痴情难躲
因了痴情是魔
是世间的最爱缠身

痴情难却
因为痴情是甜蜜的毒
凡夫俗子都经不住它的诱惑

痴情是殇
因了痴情是射穿心的箭
无法自拔欲罢不能

痴情啊！
是祸！
是把平静清明拉下水的魔爪……

我愿绝尘而去

天地苍茫
四季轮转
我站在天地之间
我跟着四季流转

花开荼蘼
春嫩秋实
我在花间穿梭
我在芽与果的交界伫立遥望

红尘往事
世间因果
我是那故事的主角
我亦是那因果的报者

我愿绝尘而去
去到一个
身心清净之地
一个没有俗世尘埃之所

那里有梵音

那里有修行
那里没有无明
那里没有欲望利益与不惑

我想绝尘而去
去到一个潜心探索
刻苦践行
寻找那条来时之路的秘密

放下尘世所有
洗尽铅华名利
脱掉虚荣炫耀张扬之皮
回归本真净土

我愿绝尘而去
不带走婆娑一念
三千繁华与我无关
旖旎红尘再不想指染

我愿绝尘而去
去学佛去做佛
可怜我的缘分还没到
是否老天还在惩罚我

我想绝尘而去

尽管做不了佛
我也要学佛的样子
一世清明不为烦恼所困

我愿
我愿绝尘而去
跳出三界
站在虚空笑看红尘

没有归期的回家

每当这座喧嚣热闹
嘈杂的城市
慢慢安静下来
我站在这巨人的胸膛
四处环顾
它近似于沉睡

它不同于往日
那轰鸣的喘息
它不同于以往
那快马奔腾高频率的心跳
它呈现出
安详的模样
它的四肢
尽情地懒洋洋地舒展

该走的人们都走了
该踏上归程的
都已出发
该回家的都已背起行囊
不能走的

不该走的
没有家回的
都已留下

我站在这
空出一半城的中央
茫然顾盼
我确信
我是站在它的心脏
而不是肩膀
也不是额角
更不是头顶

我站在这
均匀的跳动之上
和着缓缓而行的人流
不急不忙　不焦不躁
享受着安静
享受着阳光
等待着迎接新年！
等待着鞭炮齐鸣！！

我是此地的外乡人
不知何时　何日
是归期

为你而憔悴

今天认认真真看了一下镜子
镜子里映出来的人
有些憔悴
仿佛丢了魂样无精打采

为谁憔悴
又为谁而累
曾生龙活虎的自己
为何在一夜之间变得有气无力

那抽了筋
断了血样的瘫软
像一片轻轻的云
在沉沉的躯壳里飘浮

很久了
什么都不想做
心与眉毛一起整天紧锁
连笑容也很知趣地藏在了愁绪身后

这无端端的憔悴

为了谁为哪般
是因为你温柔的魅惑
还是因了你情感肆意地宣泄释放惹的祸

此时的憔悴
就像秋冬之际枝头的花朵
依次落地
凋零得无声无息

憔悴不是状态
是一种可怕的思绪
它偷偷地藏在平静的下面
尽情地挥霍着懒惰

当憔悴来袭
我没有做好准备
所以一下子被它打倒
以至于无还击之力亦眼睁睁地败退

我为你憔悴
为了遥远的你
为了梦中的牡丹亭
为了梦中你的笑颜与亲密

思念是殇

思念仿若夕阳

渐渐坠落

没了踪影

没了痕迹　没了自己

思念好似白月光

清清亮亮

却没有一丝温暖

根本晒不干一棵梨花带雨的情怀

思念的愁绪

仿佛阴云密布

遮天蔽日

心空时时刻刻被阴霾覆盖

思念是殇

它夭折在爱的浓烈与相依

它毁灭于

浓情蜜意如胶似漆的怀里

思念本是一条无形的线

它牵动着你所有神经
你就像一只木偶
随之起舞

思念也会用这条线
捆绑着你的心
牵你任意游走
抑或投入万劫不复的牢笼

思念有时
也常常掐住灵魂的喉咙
叫它默默隐忍
不要发声

思念啊!
就是一个讨债鬼
无论你走到哪里
它就跟到哪里 寸步不离
……

你闯进了我的心门

每当我打开思绪的大门
站在门口的第一人
永远是你

我故意绕过你
故意把视线投向远方

可总在我一不留神的空隙
你一次再次
闯进我的门里

你就像归家一样坦然
安逸自在
在庭院里信步
在园子里浇花弄草

我最爱听
你的轻言慢语
它总是回荡在我心的旷野
萦绕在我的脑际

仿若潺潺绵延溪流

清澈 清新

蜿蜒 曼妙 妖娆

它温婉了坚硬山川

温润了干涸大地

也温软、温柔了

我心的刚强

亦温暖、温馨了

我如冰寂寞的情怀!

遥远的你

存在我的念里

在每一个醒来的清晨

在每一个睡去之前的午夜

你都在我眼前

甜蜜地笑而不语

你静静地待在那儿

静静地笑靥如花般盛开

只等我用爱去呵护

只待我用情去抚慰

你尽情陶醉吧!

我的爱人
只要你无怨无悔地跟随
我亦甘心情愿地相守
只要　只要
你不逃出我的视线……

怎奈？
穿过你的容颜
我触摸到了冰冷
循着你的声音
我看不到你背后的光亮

只有
只有闭目拥抱你的虚幻
我才能备感温暖
只有只有把你
牢牢地拴在我心的门槛
我才觉得万般安全
我决定！
不能放你走出我的心门
我发誓！！
我要把你紧紧地关闭
幽闭在这个门里的最深处

供我独有

供我一人温暖

因为你携了冬日的阳光

因为你是我生息的甘露

爱在燃烧

他在远方
她从未见
但他却循着她诗的路线
溜进了她心的田园

他偷偷地占据一隅
开荒辟土
洋洋洒洒播种着一颗颗
深爱友爱甚至挚爱
五彩斑斓有深度有热度的文字

他从不吝惜
使用那些甜得超标
超出几个加号
比蜜还甜腻的字眼做肥料
来表达他的情感
以及倾慕爱意与追求

它们每棵字眼
都包含着多重寓意
棵棵闪耀着刺眼的光芒

能在瞬间
燃烧起欲望的火焰

他拿它当武器
做礼物
透过心的电波与感应
传递那缀满爱之密码的魔咒
轻轻地准准地投掷于
她饱经沧桑的老房子里

那一句句亲爱的
那一声声我的宝贝
是附着怎样的滚烫
是附着怎样的魔力与魔法？

多么温暖穿心的称呼
多么温柔透心的称谓
前者击破了
她坚固的心理防线
后者融化了
她硬如磐石的心中坚冰

那温暖的字眼
乘着无形的秘道
悄无声息地爬上屏幕

结结实实闪亮亮

不卑不亢

赫然坚定地伫立在那儿

在那儿如熊熊烈火在燃烧

烧得她面热、口渴、心焦！

那温柔的心语

载着熨帖的温度

箭一样

射中了她情感最弱处

然后那箭的炽烈

那含情脉脉的毒

迅速蔓延……

霎时融化了

她一心冰雪的城堡

顷刻之间

那剔透与洁白

变成了一片爱的浩瀚汪洋

变成了无边无际

不可救药情意绵绵的温床

你是过客

小河瘦了一半
三十个轮回四季
又老了多少个秋天

每一场寒雪
覆盖了多少秘密
每一个春夏
又流了多少如雨般
辛酸忧伤和怀念的泪水

你亦如那晚的落日
毫不留恋
无情地挥袖而去
夕阳一样
重重坠地没了影踪
没再出现

你只是
我生命长河中的过客
你只是途经了我的领域
不经意间

调皮地向我的心湖

投掷了一粒石子

也许　未待涟漪散尽

你已上路走远

或许　你也只是

在赶往命中注定的目标

终点　途中

在我的树下

在我的路段

暂时歇歇脚小憩而已

你乘了凉

做了南柯一梦

你偷了梦中的花香

在太阳落山之前

贪婪地披着满身金色的斜阳

急急忙忙

消失在了我那一刻

心旌摇动　瞬间的尽头

你只不过是个过客

是个在我的地盘

在我的生命里

留下深深脚印

把我撒下的阴凉
悄悄装进行囊携走的过客……

爱在风中飘

爱乘着最后一缕秋风而来
它摇曳在空中
还没等稳稳落地
就被如约而至的冬给劫持

冬挟着爱继续向北
一路潜逃
爱在越走越冷的寒风中
不停地摇摆　颤抖

爱在风中
不能自主地落地
站立　抑或扎根取暖
它被迫跟随着风到处漂泊

风裹挟着爱
一路招摇　炫耀
它是风的脸面　也是亮点
亦是孤独的风的陪伴

风锁牢了爱的翅膀

不许它自由飞翔
不许它停靠在某个领域
只有无条件亦步亦趋地跟随

因为爱没有铅坠
它无法自行着陆
因为爱在风中投下的影子
太短暂又被迅速遮掩

所以爱　只能
悲哀而漫无目的地随风飘
飘过秋冬
飘过四季

它只能等有缘有意的人
张开双臂
在风中等待
等待爱从身边经过时抱住它

爱如火

爱是两颗心的碰撞
碰撞出的是火
是爱的花朵
是盛开着无比芳香的火焰

爱是两片唇与两片唇的碰撞
碰撞出的是火
是欲的花朵
是绽放着浓情蜜意的烈焰

爱是两情相悦的契合
是两双眼睛冒出的花火
彼此照亮彼此
彼此燃烧彼此

爱是两双耳朵的熨帖
是倾心聆听着
无比醉心的承诺与誓言
是燃烧着的无边甜蜜情话

爱是两种不同思想

两种无交集的念头
两种思维、价值
观念的完全高度统一的融合

他们不管不顾地合流
他们不顾后果地燃烧
已不能自持
已欲火焚身！

爱如火
爱是火
火中有你也有我
不分你和我

爱如火
爱已无情地引爆了
我们灵魂的燃点
我们的魂魄已被架在火上

爱如锁

爱如锁
锁着你和我
我把你锁在心门里
你把我锁在思念里

爱是一双环抱着无形的手
左手握右手
相互紧锁
彼此温暖在心窝

爱如锁
它牢牢地锁定了
想出逃 有非分之想的念
不许它越出门槛

爱就似一缕迷雾
迷醉心智
心甘情愿
为彼此发疯 痴狂!

爱如锁

它缠缚住自己的手脚
从不越雷池一步
乖乖地在原地坚守

爱是一张网
一张无形欲望的枷锁
锁住了无限的甜蜜
也锁住了永无止境的温柔

爱如锁
如云锁住了氤氲的雾
四季锁住如约花期
天锁住地　在尽头接轨

爱就是你和我
倾心用情的专利
亦是我们共同完成的游戏
彼此心心相印　心与心紧锁在一起

爱如尘

我一心一意地爱你
爱在心里
它无声无息
如尘

我全心全意地爱你
埋在意里
它无影无踪
如埃

我痴心地想你
如百爪挠心
它流了一地看不见的血
如幻

我妄心地想你
似无数条虫在啃食
撒下满地看不见的白骨
如烟

我整个灵魂在想你

仿佛万念俱焚
没有留下一丝印痕
如雾

如尘如埃的情爱
如幻如烟的想念
是毒！是魔！
是桎梏……是枷锁……

看不见摸不着的情爱
本就飘如浩渺烟波
却被死死地困在念里
却被活活地囚在愿中

爱是无解的毒药
情是无形的钢刀
一旦你品尝了它的滋味
就会被它的毒性与利刃消亡

爱如尘
情是魂
爱包围了我的身
情缠绕着我的幽灵

思念的翅膀

思念是一只会飞的鸟
它长了一双飞翔的翅膀
身即如如不动
思绪已飞向远方

思念是一只翱翔的鹰
它穿过酷暑严冬
穿过九层云霄
抵达爱人身旁

思念长着一双
无形的翅膀
无论光天下的白昼
还是漆黑的夜晚都无法阻挡

无法阻挡
思念的翅膀
飞向遥遥远方
飞向爱的怀抱

思念有一双翅膀

它用爱编织

用情喂养

每当想念便势不可当

思念有一双爱的翅膀

它缀满了雨露花香

它装载着蜜语甜言

它奋不顾身飞向心中那片光亮

爱是思念的翅膀

思念不停地扇动　翻飞

在那片爱的

海洋之上

思念有双翅膀

它虽无影无迹

但它胜于雄鹰　闪电

只要心中念起它便腾空而起

笔下的爱情

在我笔下
诞生了许多诗歌
盛放了许多花朵
也培养孕育着爱情

爱情在笔下恣意妖娆
尽情摇曳徜徉
甜言蜜语在纸上奔腾
浓情蜜意飞扬在笔尖

笔下的爱情
肆意而彷徨
没有任何障碍可以阻挡
没有任何理由不使之辉煌

笔下的喜怒哀乐
发光发亮
纸上的悲欢离合
光芒四射

我在笔下播种着情感

你侬我侬的悄悄话
顺着笔端
倾泻在这个斑斓的世界

我在笔下耕耘着爱意
情感的暖流
如潺潺溪水
流进心窝

怀着热望的痴念
满心期望收获丰腴
丰硕的爱情之果
希冀甘甜肥美

笔下的爱情啊！
你藏在哪里？
每次你都活在我挥毫之时
每次你又凋零在我掩卷收笔之刻

笔下的爱情
不知你在我的笔尽处
还能生存站立怒放多久
是此时抑或彼时

爱情在笔下

是那般绚烂荼蘼
但又是那样可悲可怜
因为它没有家　没有归宿

妈妈丢失在梦里

可能由于少小离家
可能那时对妈妈的思念
已根植于心底
所以如今
无数次的梦里
都在无助恐惧
拼命寻找丢失了的妈妈

那是地地道道的梦魇
那是亲亲切切的纠缠
是些失魂落魄的碎片
是醒来后的感怀
是不愿醒来的梦想

梦中的我
无论怎样发疯地寻找
起初都找不到妈妈的影子
于是心急如焚
于是像无头苍蝇

寻找是何其辛苦

何其焦虑 焦急

有怕失去的撕心裂肺

有怕见不到的头晕目眩

一切种种

迅速蔓延 袭上心头

怀着惶恐忧虑

沮丧的心情

到处到处奔袭搜索

妈妈有可能迷失的地方

这期间有无望有绝望！

但 没有半点儿放弃的念头

我奋力奔波在梦里

尽全力

想尽一切办法找寻妈妈

我不知妈妈在哪儿

去了哪里

为什么

为什么她不打招呼

为什么她不在梦外告诉我

为什么她不带我一起失踪

十万个为什么

萦绕在脑际

239

妈妈总是藏在我心灵

最深处

每次每次

都要我很努力很努力

才能想起那个地方

那条崎岖 坎坷 幽暗

狭窄的小路尽头

我要艰难地穿过

才能抵达

才能在一个无人

幽闭的角落

找到她

而每次

她都是泪眼婆娑

哽咽着说不出话

只有泪水扑簌簌

肆意地狂流……

对妈妈的印象

永远永远都停留在

那长久哭泣的眼神

哀怨忧郁怯生生的面容

妈妈丢了

丢在了我的梦里

每次我都不顾一切

重蹈覆辙　疯狂寻找

每次都被即将永远诀别

永久失去的痛苦折磨不已

那一刻　无论我怎么挣扎

那片乌云

就是压住我的胸口

压得我喘不上气

就快窒息而死！

我心沉重

我心悲伤　煎熬

我不想每次都在梦里

寻找疯跑

我不愿每次都傻傻地

失去判断失去理性

我更不希望

妈妈一次次丢失迷失

在我的梦里

记忆如潮

打开尘封的记忆
一个潦草的自己
站在面前
她哀婉
她无言……

她经历了跋山涉水的疲惫
赤裸裸毫无情感地呈现
她失魂落魄
她彷徨无助
泪流满面地四处游荡
游走在喧嚣的闹市
抑或荒芜的大漠

记忆的闸门
正在慢慢打开
喷涌而出的自己
在不同的角落露出脸
层层叠叠的画面
深深浅浅的脚印
清清楚楚的影子

远远近近的故事

她或从坦途上疾驶而过
或在坎坷中匍匐前行
她或在阳光明媚里生机盎然
抑或躲在阴暗的小屋
自艾自怜
打着自我毁灭的愚念

记忆的洪水
已呼啸而来
渐渐蔓延事事件件
涌向脑际　浮现眼前
来到嘴边　站在山尖……

它牵着我
回到从前回到过去
由不得我不走
由不得我有半点儿怠慢
记忆的潮水　花朵
阴湿了我晨起晴朗的心情
与轻盈的翅膀
但它的芳香
却也装点了我这一天
无聊空虚的生活

243

与无边的思绪

记忆是个魔
它如影随形
它随时开启着我
尘封已久生命阅历的仓库
因为 它就是那把
大门的钥匙

如果有轮回

如果有轮回
我愿做一株小草
不开花不结籽
只想紧紧拥抱大地

如果有轮回
我想做一只小鸟
从嗷嗷待哺到展翅高飞
只想看看天空的样子

轮回是对下一世的期许
期许来世换一种活法
体验不同的人生
感受多彩而丰富的世界

轮回是对未来的妄念
妄念下一世
再来与世间相见
对比着不一样的风云变幻

我想　如果有轮回

我愿做一双眼

觉尽世间所有

把它永远放在心头

我想 如果有轮回

我愿做清风明月

轻拂照耀枝头花朵

盛放无季繁华日日妖娆摇曳

轮回不知有没有

也许它已在路上等候

也许它还在孕育当中

所以现在还看不到它的踪影

轮回也许就藏在命运的背后

抑或人生的终点尽头

当你转身离开之际

它已在不远处悄悄相守

如果真有轮回

我更要活好这一世

我要努力尽情地书写

以便留给来世自我寻觅的线索

如果真有轮回

我要学会放下生死

下一世池塘里的鱼

抑或一粒小小雨滴也许就是我

相思在夜里

深夜　百无聊赖
悻悻然　把一盏泛着幽幽
若射破心事的光
狠心掐死在举手
拉下开关之际

黑的魔鬼袭来
顷刻把我包围
本就不明亮的心情
越发暗淡
瞬间
掉进了无底的深渊

摸索着上床
摸索着把自己摆在床上
然后　再努力地
把桩桩件件的心事
推出心外
月色正浓
清辉渐渐透过窗纱细洞
挤了进来

趴在地面上

我努力地想睡去
想忘掉刚才明晃晃灯光
照见的相思
想追忆　回味
刚刚毁灭光亮之时
那黑暗　那霎时
被掩盖——
一切皆无的快感！

唉！……
无涯的想念
乘着心头的潮水
跑来眼角　面颊
无声地搬弄着是非

把孤枕浸润
把夜哭冷
把所爱所思所念的人
翻腾
使自己一颗疲累的心
不得安宁

相思　相思

在这如水的夜里
心孤单　身凄苦
相思　相思
在这月影婆娑的黑夜
爱在那岸　情在这头

彼此　无缘相见
亦无缘共牵一线
彼此　无分相厮相依
亦不能白首共度

此时此刻
只有孤零零我一人
在这漫漫长夜

初恋是朵未开的花

初恋

是一朵含苞待放的花蕾

她羞羞答答

把甜蜜偷偷藏在心底

任凭怎样地浓香

又如何想怒放

抑或想尽情地散发着

自身的香气

却都不敢施展与张扬

亦不确定能把梦

变成现实

初恋有时是煎熬 苦涩

有时是甜蜜与芬芳

初恋有时是眼里含情

又不敢大胆地流露与追逐

也不敢肆意地描绘在眉梢

初恋是心里春江荡漾

亦不敢不管不顾

喷涌倾泻

流淌在脸上与指尖
初恋在初春时发芽
小心翼翼再蹚过夏天
如期进发到秋天

也许她只为急着赶路
忘了季节
错过了花期
也许她只匆匆享受了
淡淡浅浅的过程
忘记了绽放
忘记了自身就是宝藏……

初恋　或许多数
都夭折在秋与冬的门槛
就在那个消失的
姹紫嫣红的十字路口
绿叶与蓓蕾注定
就此走散

始终　那段情没有开花结果……

旧日闲愁

往事如波
泛上心头
站在时光的渡口
细数从前闲愁

那年冬日
披雪而至
一帘温润的目光
焐热我清冷的心

岁月旖旎
光阴蹉跎
温暖的怀抱
变成了远走的离愁

成河眼泪
漫过伤悲
流浪的脚印
蓄满了忧伤的故事

霓虹灯下

孤影穿梭
明月高悬
独枕与清泪共舞

往日闲愁
蹙上眉头
清浅情意
随风飘扬在风中

如烟爱情
难觅真谛
向往纯真
仿若真经难求

红尘旧梦
荡漾心头
劈波斩浪
笑迎今天明媚阳光

择一字终老

择一人
要靠缘分

择一隅
要靠感觉和喜好
择一字
则是智慧与依心

生命里
有爱便锦上添花
岁月中
有爱便幸福美满

如果有爱
苦也是甘甜
如果有爱
累也是轻松愉快

选择爱
正好他也爱我
就与此人身居一处
种花养鸟

日看花花草草
鸟去鸟又回
夜赏月亏月盈
月盈月又亏

春去冬来
直到光阴的投影拄了拐杖
日子的胡须
漫过所有青春的记忆……

慢慢　老了
老得哪儿也去不了
步履蹒跚如幼儿
老得只记得一个字
——爱！

梦里的折磨

手无寸铁
任命运宰割
百口莫辩
抑郁纠结委曲求全

一回　他来了
又走了
他伤害了我且轻笑而过
可我束手无策

一幕　逝去的亲人
在眼前在身边
但彼此无情无语
心有疑虑也有恐惧

所有的悲欢离合
都在梦里演绎
所有的伤心折磨
全在梦中忍受

爱来　爱去

257

情来　怨往
那无助与孤单
像飘散在风中的蒲公英小伞

那久而不遇
失而复得的亲人
默然地再次离开
仿若万箭穿心般疼痛

曾经的恋
已挥挥手烟消云散
深深的血脉亲情
也在一片云来遮蔽不见

听不见自己的呐喊
追不上心飞去的方向
没有阳光看见血红
天地漆黑我找不到眼睛

父 母

母亲的名字叫芬
父亲的名字叫芳
芬芳就是他们一生一世
甜蜜爱情和美满婚姻的写照

芬芳本不是一地人
芳从遥远的山东闯来
芬是当地名嘴
八个孩子中的老四

芬生性懦弱
讲话蚊声细语
做事轻手蹑脚
每每遇上困难坎坷
便眼含汪洋

芳秉性倔强
走路虎虎生风
在家外
时不时眉如利剑怒目圆睁
动不动就把赶马车的鞭子

甩得啪啪响！

奇怪的是
芬芳自从在一起过日子
从没红过脸

芬处处让着芳
看似言听计从
其实以柔克刚
夜夜枕边风
轻轻松松便降伏了芳的
说一不二吹胡子瞪眼

就这样
芳名义上当家做主
一言九鼎
实则次次决定
都被芬偷梁换柱暗度陈仓

芬与芳
就像他们的名字一样
夫唱妇随，琴瑟和鸣
彼此在彼此的天空
飘逸着浓郁的芳香
飘洒着迷醉的香气

他们

相扶相携！相亲相爱

相拥相随！相濡以沫

一路经历跌跌撞撞

一起走过山山水水

一直心手相牵

一起蹚过几十年不老时光

一同度过沧桑岁月

一起抚养子女茁壮成长

一块儿细数流年

一起双双奔向黄泉

一起齐齐步入天堂

塵·

回眸浅唱

阡陌红尘

阡陌红尘
梦里烟花
似水的流年
灵魂里牵挂

不用真情地告白
在红尘中飞花
心碎如风中的花瓣
颤抖地落下

指缝里的纠葛
逆着发芽
在这孤独的求索
谁能理解阡陌里的繁华

舞动欲望的枷锁
直到风中晚霞
要和这个世界同在
你必须学会挣扎
虚妄的菩提
宁静中处处充满萧飒
行走得如此坎坷

仍然无法把倔强放下

谁能看透红尘
阡陌里戎马
子萱飞歌
愿你一生笑看天涯

　　金罡，现任中国城市经济研究院副院长、中国城市
经济专家委员会副秘书长、中国城市驻外机构研究会秘
书长、国际城市文学学会发起人、仓央嘉措诗歌研究中
心主任、仓央嘉措诗社社长。

父亲如牛

父亲是农民
是同庄稼一起
生长在地里的影子
父亲如牛
每天不是在地里耕耘
就是奔波在去耕耘的路上

扬起的鞭子
扶着的犁
弯下新月样瘦弱的腰
又不时抬起沟壑重叠
浸满汗水的面庞

清清晰晰
土地般黑黝黝
阳光样灿烂烂的笑
总在女儿的泪光里飘摇

清晨暮晚
开镰收割
响彻云霄的沙沙声

咔咔声……

是引领女儿回家的驼铃

是女儿心底

生命里永远不断回响

律动着的最美妙最动听的乐章

艰辛劳作

是父亲生命中的花朵

亦是女儿心中不灭的千古画卷

父亲走了……

雷声还在　雨季复来

父亲去了……

庄稼常新　日月不亡

女儿常常看见

春种秋收时

父亲满是老茧

扶犁握刀刚劲有力的手

妈妈　我与您已擦肩而过

又是一年母亲节
面对空空如也
没有母亲在家的节日
我的心空飘满了片片乌云

妈妈　您那日没有履行
挥手仪式
没有郑重说一声告别
就那样悄无声息地飞走了

我与您
就这样被天地分隔
阴阳交错
就在今生今世
已毫无逆转地
擦肩而过……

妈妈　有您的日子
从没给您过过母亲节
那时小　不懂事
困难　也不讲究

如今有能力报答孝敬了

生母　养母

却都一个个走了

母亲节的到来

有人悲　有人喜

悲的是母亲已远在天堂

喜的是母亲就在身边眼前

能在当下亲口说一声

妈妈　您辛苦了

祝！妈妈身体健康

长命百岁！

母亲节快乐！

天堂里的妈妈您好吗

妈妈
自从您自私地甩下我们
独自一人去了天堂之后
我就一直记挂着您
也牢牢地记住了
天堂这个地方

您在天堂还好吗？
您有没有再继续操劳
您放下了世间的疾苦
儿女情长　亲情冷暖了吗？
您是否还在悲天悯人
清泪长流？

妈妈　您快乐吗？
您是否遗忘了俗世的牵绊
是否蜕去了软弱的性格
您还喜欢门前院里的
扫帚梅　月季花　夹竹桃吗……

今天是母亲节

您过节了吗？

如果 您能听到女儿

泣泪的呼唤

今晚 请您到我的梦里来

默默地想你

默默地想你
无论是在临睡之前
还是在起床之后

默默地想你
无论是在吃饭
还是在走路

我默默地想你
我谁都没告诉
只有我的心知道我的秘密

我默默地想你
想你在朝夕
想你在梦里

想你
是我的必修课
从身到心不能停歇

想你

此时在做什么
是不是亦如我这样魂不守舍

想你　我默默地想你
不敢声张不敢表露
还要面沉似水面不改色

想你　我使劲地想你
用尽全身力气
从头到脚地想你

沉　没

好像是海
又似沼泽
不小心差点儿沉没消失
沉没在水的心里
又或是泥潭温软热情的怀抱

挣扎　努力
向上　攀爬
竭尽全力想摆脱当下
困境窘境险境……

恐惧　惊慌
无助　绝望
死而后已地激发出
最后一搏的勇气逃离厄运

困顿　迷茫
孤独　救赎
一股无名信仰的力量支撑着
打开了紧闭的眼睛
回到了现实

每当想你

每当想你
便从心底溢出
甜甜的蜜
蜜流到嘴角
嘴角就慢慢上扬

每当想你
脑海里的显影剂
便迅速发挥作用
你的样子
已占据全部

每当 每当想你
便被灼热的眼神包围
被炽烈的字眼
赤裸裸的甜言蜜语吞噬
被地狱般煎熬着炙烤着
折磨着一颗焦渴的欲望
……

你

是杀手 是盗贼

是偷心的魔鬼！

是你把一颗平静无澜的心

斩获！

是你把紧锁 幽闭

在深闺里的纯情

掠走！

是你 是你

施了那万恶的该诅咒的魔法

钻进了我的心

找寻灵魂

梦醒得太快
灵魂的脚步没有跟上来

不由得
携着一具麻木
空空荡荡的躯壳
再一次
踏上寻找灵魂丢失的
梦回路上……

依稀记得
梦的故乡
小路徜徉 飘满花香
碧绿深处
有一座美丽毡房

寻梦之路
不知家在何方
小鸟的歌唱
牵着我的迷茫
路过天的海洋

乘上云的翅膀

在风儿耳鬓厮磨
甜言蜜语的陪伴下
手拈一朵桃花
悠然　就来到了
灵魂玩耍的身旁

此刻 你在想什么

一个人牵念另一个人
真是奇怪
每时每刻都在想
他在此时此刻
想什么
是否如我

想念一个人
就是吸了鸦片
不管此时此刻
犯没犯瘾
它都在你的血管里
身体里 灵魂里
流淌 游走 飘散……

此刻 你干吗呢？
在想什么？
是否如我
一边播种思念的种
一边收割相思的苦与果

还要抵抗情毒的诱惑
还要驱赶无边的孤独与寂寞

梦里红尘

一觉解百忧
一梦了千愁
梦里落雨飞花
梦中百姓人家
似穿越万古
凝结红尘静谧的上河图

小桥流水无声
雁过不闻长鸣
风吹杨柳妖娆生姿摇曳不喧
人来人往若游魂鬼魅无迹无哗

梦里红尘
如彩图上的显影
梦里的世故人情
已不见了人间烟火的灭生冷暖

一夕红尘梦
一遭醉古今
醉卧在梦里
醉倒在绮梦红尘

——那旖旎风光的秀美
那缥缈路上的轻灵
还有那色彩斑斓的包围
……

红尘梦里
哪管你本心依旧素简
哪问你是否无欲无念
亦无求……

妈妈来找伴

妈走得很突然
没有告别
没有准备上路的盘缠
妈走那年五十二岁

不知不觉
妈走了二十年有余
一天　三嫂梦见妈
让她进屋坐
她客气地说　不啦！
我得回去
但得找个伴
说完　就走出了院子

第二天　二嫂忽然病了
十三天后
二嫂去世了
享年五十二岁

距　离

我与你隔着一首诗的距离
我的诗里有你
但寻不到你的踪迹
也闻不到你的气息
更抚摸不到你的心

我与你隔着一个梦的距离
我的梦里有你
但看不到你的芳容
也嗅不到你绽放的香气
更触碰不到你的深情

我与你隔着一个天涯海角的距离
我的念里有你
但相见应是遥遥无期
也只能望穿秋水
更不敢奢望四目相对

我与你隔着一个春秋四季的距离
我的季节里有你
但轮回的时针把你拨离

也不敢违反天意
更不能停止命运的捉弄与呼吸

我啊！与你
隔着一个云端的距离
隔着电波两极的距离
隔着千山万水的距离
隔着光阴行走的距离
隔着 隔着心手相牵
情与爱的距离……

我 想 静 静

我把声音的耳朵关上
不想听到它的嘈杂与喧嚣
耳不听 心不烦

我把声音的眼睛也闭上
不愿看到世间的鸡飞狗跳
眼不见 心不烦

我再把声音的鼻子掩住
不想闻到那些无聊的气味
不屑揣测人心

我呢 再把声音的口舌紧紧封死
不让它再言婆娑的是是非非
我愿做一具行尸走肉

我 已把耳眼鼻口舌身意
全部关闭 锁牢
我想让我的灵魂静静
……

偷　袭

总在不经意间
思念的罗盘
就被一个藏在暗处的人拨动

总在无梦的夜里
突然跳出一个人
拧亮我回忆的开关

总在光天化日之下
有一个影子潜入我的心里
打开我疼痛的阀门

此人 ……
就是我最想忘记
最不想想起的他

时间是一剂良药

与他分别那天
即是天塌之日
我无法呼吸
不能站立

一步三回头
我坚强地走出了那段屈辱
走出了曾经的温柔乡
走出了他最初的誓言

命运之剑
在我的身后斩断了退路
在我迷茫的前方
劈开了光亮

时间是一剂良药
它治愈了我的离殇
它把践踏得破碎的情感
慢慢钙化在星月的背后

阳光照在我的心上

岁月的花朵
在光阴的四季里尽情绽放
在我的掌中熠熠生辉

逝去的爱情
如今　只是一块
在我的生命中抹不去
值得回忆与纪念的疤痕而已

老公如鱼

老公最像鱼的地方
是记忆
如鱼般 短暂
其典型案例
是安排他做家务
转身即抛诸脑后

老公另一个像鱼的地方
是圆滑
这部分只是针对我而言
换了人和场合即宣告失效
例如 让他按好好先生的标准
做出承诺
他却从不说是或否

其他像鱼的地方
还有 爱吃鱼
很好地传承了鱼本基因
大鱼吃小鱼

老公如鱼

每天遨游在浩瀚的人海
或顺流而下
或逆流而上

见与不见

你在文字的背后
你在遥远的天际
你我无缘相见

你在点开的音频中畅想
你在声波的海洋里徜徉
你我梦里无缘

不 我们早已在
你声音的魂里邂逅
相知 相逢

早已相会在
你悠然自在的倾诉里
遇见在你饱含深情的心音故乡

亲　情

老公隔三岔五就与老妈
用我听不懂的家乡话
长长久久地煲电话粥

一日　终于忍不住问
都说了什么
老公轻描淡写地说
也没说什么
都是一些鸡毛蒜皮
东长西短　田间地头
房前屋后　猫猫狗狗
花花草草的事……

掌心上的天使

她是你生命的亮点
是你生命最闪光的呈现
她是给你带来快乐欢喜的天使
是你全部的财富与宝藏

你掌心里的宝贝
无忧无虑
时而安静乖巧顺从
时而淘气顽皮撒娇
在你宽广的怀抱里
在你爱的海洋
尽情地撒欢儿 徜徉
享受滋养
与无边无尽的安全感

天使来临
是经历了 跨过了 飞越了
层层道道世俗门槛的阻挡
沟沟壑壑绳绳索索
常规戒律的陷阱 磨砺
捆绑与束缚

与高山峻岭般凡夫俗子的阻碍

天使的降临
是你毕生美好心愿的完美达成
是你做一个好人的全部福报
是上天赏赐给你
最好的礼物
最珍贵最无价的宝贝

天使落在了你的掌心
也落在了你的心尖
她在你的掌心上快乐成长
她在你的心尖上舞蹈欢笑

你——
只须目不转睛
注视她 呵护她 鼓励她
给她爱

两条龙

一条龙
睡在身边

一条龙
张牙舞爪在梦里

每天
天蒙蒙亮
安静的龙醒来
便生龙活虎地出门
融入人海

经常
天还未明
梦里翻云覆雨的龙
便悄悄离去
没有一丝痕迹

入夜
身边的龙
依旧疲惫地回到了身边
梦里的龙
有时回来　有时不回来

打捞一份爱情

人海茫茫
怎么寻到你
茫茫人海
如何觅到我的爱情

独行的我
在这海里无奈地游荡
形单影只
我爱的爱我的人
不知躲在何方

我寻遍了
这海洋的每一个角落
等老了
无数个昼夜星辰
或许 只因与你暂时无缘相见

我想大声疾呼
想发出爱的信息
希望你千万不要塞上耳朵
祈祷你能收到

这滚烫的爱的频率

我在人海里寻觅
我独划兰舟
时刻注视着你的出现
然后 把你打捞上岸

享受静默

把手机关上
把电视机也关上
把嘴巴关上
把耳朵也关上

享受静默时光
享受一个人的寂寞

静静地与心交流
默默地回望岁月
与往事干杯
给灵魂以安慰

享受静默午后
享受一个人的静默

静静地翻着书页
默默地祈祷思忖
与主人公换位
给自己以做英雄的机会

299

享受静默当下
享受一个人的静默

此刻 没有鸟兽虫鸣
没有人声鼎沸车水马龙
只有眼前的碧海蓝天芳草萋萋
还有心中冉冉升起的无限静谧

做大事的人

身边睡着一个
每晚连说梦话都把自己
感动得起来绕床三圈
心心念念
口不弃业话不离志
时时刻刻
励志创造设计出古今中外
天上地下没有过类似产品的人

是日　与其一同出门
我问　你带钥匙没
他答　没　太重

视线之外

思念的翅膀
飞在遥远的过去
细数流年往事
拥抱梦的孤独与忧伤
……

视线之外
有一双美丽眼睛
贪婪地摄取如烟景色
视线之外
有一颗高洁魂灵
凝视着世间沧桑红尘夙愿

视线之外
爱你的心　依然爱着
念你的情　依然
熊熊燃烧生生不息……

思念飞过
纤尘不染

情愫暗涌

源远流长……

婆婆赛亲妈

婆婆是个玲珑精致
善解人意的江南小女人
她虽个子小小
却心胸宽广浩荡
有海洋之气势与博爱

无论在初见
还是又见再见
抑或 后来的后来
婆婆都一如既往地视我
如掌心里的宝
时时处处
为我骄傲为我自豪！

每每 婆婆在身边的日子
我就忽然变成了婴儿
撒娇 依赖 不能自理
阳春水也远离了十指
婆婆疼我如腹出
更赛过了亲妈
如果 妈妈泉下有知

一定会衷心祝愿婆婆

福如东海 寿比南山！

也一定会万分满足地笑

笑得梨花带雨

山花烂漫……

真的……

我梦见了繁花里的妈妈

黑的日子

初恋入土
心
便日日黑夜

白天乌鸦压顶
心空
密不透气

夜晚
星子出逃
月亮躲在乌云身后

伸手不见五指的岁月
全拜初时爱情
凋零所赐

光
已自由去流浪
黑掐灭了我的心灯

初恋成冢

疼　纠心地疼
初恋在梦里
潸然而逝……

记得他还没转身
我已泪水滂沱
淹没了甜蜜湮灭了暖

初恋的花朵
无声坠落
随风随念飘向云梢

无果的情愫
命中注定
消失在狂风暴雨的季节

爱走了
踏着我湿漉漉的魂
蹚着苦苦的泪与心碎

情逝了

猛然　在我与他的红尘里
只有一张纯白的纸

一梦红尘

炊烟与落日同框
落日匍匐
炊烟升腾

炊烟的白
如雪如骨
经不起春风经不起岁月

落日的红
如火如血
终要燃尽成灰成河

人们涌向车流
人流汇聚成人海
海洋又吐出每一个游魂

回家 再出发
疲惫与辛劳扛在肩上
还有儿女的学费父母的孝道

红尘一梦

走了光阴
冷了热情坠了青春

一梦红尘
添了皱纹
累了追忆费了笔墨

摇曳在梦中的温暖

清醒之门
阻隔屏蔽了梦中
奔跑摇曳着的青春花朵

她来了 他等在那儿
他张开了爱的翅膀
她飞进了他的心窝

天空如碧如洗如海
阳光如金如银如水
呢喃蜜语在耳边盘旋

鲜花盛开五彩相伴
蜂蝶缠绵萦绕指尖
他们行走在爱的水湄蒹葭

那朵恋的笑靥
那捧情的红云
染了绚烂大地湖泊山川

那曲心念

那盏歌声明灯上
爱的烛火依然耀眼

舞姿翩跹翻飞流连
一对旋转幸福的相牵
醒来　丢失在梦的里边

追　梦

一觉醒来
梦丢失在醒来的路上

妈妈也被遗落在梦里
她在炕上端坐
在锅边忙碌
单薄的身影走在小径上……

梦的世界是那样温暖
有妈妈的爱
有妈妈慈祥的笑
还有我突然飞进妈妈怀里
她意外惊喜的泪

记得我给妈妈
披了件衣衫
也记得妈妈为我
端了一碗热汤……
醒了……
都怪醒来

我没能扯住妈妈消失的衣袖
没来得及端回那碗汤

凤鸣岐山

凌晨 怀中玉
呱呱坠地
她清脆鸣叫了几声
天就亮了

她浑身闪着光芒
羽翼未干
却笑意盈面
柔柔的爱热热的温暖
包裹着一颗浓浓
幸福的种子

等待……
慢慢等待……
日后风调雨顺
开花结果
凤鸣岐山

后　记

　　《烟火红尘》出版还没到一个月，我突然抑制不住冲动，很想继续出它的姊妹篇，《阡陌红尘》这个名字其实早已种在了心里。

　　快马加鞭，马不停蹄地着手组稿、选稿、定稿再到删稿，不足一周已完整地交给了出版社。

　　对于两本诗集在短短的年头年尾出版，也是扛着巨大的经济压力与怀着无比激动和兴奋之情在默默地行走。

　　在此，要万万分感谢、感恩我的老板罗艳女士！是她以无私的大爱与精神上和资金上的全力支持，才使得《烟火红尘》顺利面世。第二本《阡陌红尘》更有她满满的心血，书名题字、封面、内页插画设计，都是她亲自把关，无论是帮忙找人抑或求人，再次对我的老板为我的付出与爱，深鞠一躬！深表感恩之情！！

　　还有,恩师杜劲松,也是《烟火红尘》和《阡陌红尘》的特约主编,是他无条件地给予了我莫大的帮助与支持,才会有两本诗集的精美完美呈现,再次道一声万分感谢、感恩！没有您就没有我的今天。

　　还有为《烟火红尘》作序的金罡老师，还有写读后感的诸位老师前辈，冯楚、吴常觉、王德清、浩澜、王金成、陈彦刚、邹本忠、冯好平、云帆、魏民，特别鸣谢！卫铁生先生，连续两次为《烟火红尘》《阡陌红尘》

317

作诗压轴在卷尾，谢谢！万分拜谢以上各位抬爱！

还有为本书《阡陌红尘》作序的香港著名诗人招小波和著名批判与哲学家及诗人陶发美恩师！

还有为各章写卷首语的陈利平、龙歌、李东方，感谢、感恩以上著名诗人大家们无私的支持与厚爱！

爱您——我的朋友、诗友、恩师们！

最后，我衷心期待我的红尘三部曲，第三部《旖旎红尘》早日面世。

愿遇见我文字的所有有缘人，今生安顺，相拥诗中，缠绵梦里……

子萱

2018 年 2 月 1 日于伶居丽布艺展店